# 生活英語單字

超短 迷你句

**Mini English**

國家圖書館出版品預行編目資料

生活英語單字超短迷你句 / 張瑜凌編著
-- 二版. -- 新北市：雅典文化，民109. 02
面； 公分. -- (全民學英文；54)
ISBN 978-986-97795-9-3(平裝附光碟片)

1. 英語　2. 詞彙

805. 12　　　　　　　　　　　108021803

全民學英文系列 54

# 生活英語單字超短迷你句

編著／張瑜凌
責任編輯／賴美君
美術編輯／王國卿
封面設計／林鈺恆

法律顧問：方圓法律事務所／涂成樞律師

總經銷：永續圖書有限公司
永續圖書線上購物網
www.foreverbooks.com.tw

CVS代理／美璟文化有限公司
TEL：（02）2723-9968
FAX：（02）2723-9668

出版日／2020年02月

雅典文化

出版社　22103　新北市汐止區大同路三段194號9樓之1
TEL　（02）8647-3663
FAX　（02）8647-3660

【前言】

# 用「超短迷你句英文」溝通

您是不是也曾經有過這樣的困擾：當需要用英文溝通時，卻怎麼也開不了口！或是明明對英文不陌生，但是就是不知道該如何答腔？

面對這種英文會話需求，又該如何突破窘境呢？

對於非英語系的國人來說，「流利的英文溝通能力」並不是與生俱來的天生技巧，您唯有透過長時間不斷的練習，英文才能朗朗上口。那麼該如何有效地學習英文口語會話呢？

本書「生活英語單字超短迷你句」針對特定的情境用語需求，以單字為學習架構，彙整了最實用的超迷你短句，以符合英語學習者能在最短的時間就能夠掌握英語溝通的技巧。

每一句英語迷你句都有「深入分析」的說明，以幫助您徹底瞭解短語的使用時機，因為同一句短語，在不同的使用情境下，往往會有另一種解釋，透過深入分析的精闢解讀，您便能廣泛地運用各迷你句作為您的溝通工具。

　　而本書的每一句英語迷你句也都有相關的會話範例，以供您瞭解如何在對話中應用每一句短語，以免產生「知道短語的意思，卻不會應用」的尷尬狀況發生。

　　若是有相關的主題短語，也會一併在每一句超迷你短句後面說明，讓您能夠同時間學會相關的短語用法，也節省您學習的時間、擴大學習的層面。

　　此外，本書還附有專業的外師導讀MP3，建議您可以每日選擇3-5句反覆地隨聽隨讀，透過不斷的覆誦練習，就能在最短的時間內熟悉各迷你句的應用時機。

# Sure.

### 當然好！

**深入分析**

sure是一個非常常見的口語化英文，通常使用在回答對方「我答應你」的情境中，例如：「好」、「願意」等。

**A** Do you wanna go with us?

你要和我們一起去嗎？

**B** Sure.

好啊！

**深入分析**

sure 除了應用在上述「同意」的情境之外，也帶有「請便」、「你隨意」的意思。

**A** May I use your phone?

可以借用你的電話嗎？

**B** Sure.

好啊！

**深入分析**

若是對方提出的「是否可以…」的問句，而你認為是「可行的」，也可以用 sure 回答對方，表示「可以」的意思。

**A** Can it be delivered?

這個可以運送嗎？

**B** Sure.

可以！

---

深入分析

若是你使用 sure 回應對方的請求後，也可以順帶使用一些與請求問題相關的語句，例如以下在 sure 之後的語句都是非常實用的應對短語。

---

**A** Please do me a favor.

請幫我一個忙。

**B** Sure. What is it?

好啊！有什麼事？

---

**A** Can I go to the party with David?

我可以和大衛一起去派對嗎？

**B** Sure. Go ahead.

可以！去吧！

---

**A** May I see your passport?

請給我看你的護照！

**B** Sure. Here you are.

好的！在這裡！

# Next.

下一個！

**深入分析**

「排隊」已經是文明國家一種守秩序的現象了，若你是承辦某種業務的工作人員，當你面對依序排隊的人潮時，便需要提醒下一位等候者："Next!" 表示「輪到你！」，請對方上前來的意思。

**A** Next.

下一個！

**B** Here is my application.

這是我的申請表。

---

**A** Next.

下一個！

**B** Me?

我嗎？

**A** Yeap.

對！

**深入分析**

在喊出 "Next!" 之前，你可以使用 "OK" 做前一句話的結尾。

**A** OK. Next.

好了！下一個！

**B** Hi, I wanna open an account.

嗨，我要開一個帳戶。

---

深入分析

若要強調禮貌周到的形象，則可以在 "Next" 之後接著說 "What can I do for you?" 表示為對方處理事務的善意。

---

**A** Next. What can I do for you?

下一個！有什麼需要我效勞的？

**B** Yes. I need to make a phone call.

有的！我要打電話。

 003

# And?

然後呢？

---

深入分析

當你期望對方繼續目前雙方所討論的這個話題時，就可以在對方的語句之後，詢問對方：" And?" 代表「追問」或是鼓勵對方繼續說下去的意思。

---

**A** I'm sorry about the whole thing.

對這整件事我感到很抱歉！

**B** And?

然後呢？

---

**A** You ready?

你準備好了嗎？

**B** Ready.

準備好了！

**A** And?

然後呢？

---

**A** Maybe we can call Mr. Smith.

也許我們可以打電話給史密斯先生。

**B** And?

然後呢？

**A** And we can just leave it alone.

然後我們就可以棄之不管了！

## And what?

那又如何呢？

---

深入分析

此外，若是說："And what?" 則代有「挑釁」的意味，表示「那又如何」、「你要怎麼說明」、「你要奈我如何」的咄咄逼人的意味。

**A** And what?

　　然後如何呢？

**B** What do you mean by that?

　　你是什麼意思？

--------

**A** Not so bad, right?

　　不是很糟，對吧？

**B** And what?

　　那又如何呢？

 004

# So?

## 所以呢？

**深入分析**

當對方提出他的論點之後，若你不滿意、甚至不認同時，都可以反問對方："So?"，表示「除此之外，你還有什麼要補充的嗎？」

**A** What can it hurt?

　　會有什麼損失嗎？

**B** So?

　　所以呢？

**A** Maybe we should get out of here.

　　也許我們應該要閃人！

深入分析

因為是疑問句的語氣，所以也存在著暗示對方「下結論」的催促意味。

**A** I don't see anything.

我沒有看見什麼東西啊！

**B** So?

所以呢？

**A** So there is no one here.

所以這裡沒有人！

# So what?

那又如何呢？

深入分析

若是在 so 的後面加上 what 的疑問語句，則是帶有「不屑」、「不認同」的意味，但也會促使對方用更清楚或強硬的態度回應你，也帶有「那你想怎麼樣？」的質疑。

**A** Don't even think about it.

想都別想！

**B** So what?

那又怎麼樣呢？

**A** Just leave her alone.

離她遠一點！

---

**A** Why don't you do your homework?

你為什麼不寫作業？

**B** So what?

那你想怎麼樣？

## Or what?

不然又如何？

#### 深入分析

另一個容易令人混淆的說法則是 "Or what?"，表示「不然又如何」的意思，通常適用在對方勸你不要做某事時，你可以採取的質疑、挑釁態度！

**A** No, don't do this.

不要，不要這麼做！

**B** Or what?

不然你想怎麼樣呢？

**A** I'll call the police.

我會報警！

# What?

什麼？

**深入分析**

當對方說了一句模糊不清的話時，你就可以說
"What?"，和中文的「什麼」的用法是一樣的，帶
有催促對方「再說一次」的意味。

**A** What?

什麼？

**B** What what?

什麼東西什麼？

---

**A** What?

什麼？

**B** Nothing.

沒事！

**A** Come on! There must be something.

得了吧！一定有問題！

---

**A** Thcy arc coming for you!

他們來找你了！

**B** What?

什麼？

### 深入分析

若是對方要你聽一種聲音或檢視某個事物時，在你聽不清、看不明的狀況下，都可以問問對方 "What?"

**A** Did you hear that? ——————— 🎙 006

你有聽見嗎？

**B** What?

聽見什麼？

### 深入分析

和前一句的情境相同，你除了說 "What?" 之外，還可以問問對方到底是「聽見什麼」。

**A** Listen!

你聽！

**B** What? What did you hear?

什麼？你聽見什麼了？

# You what?

你敢怎樣？

### 深入分析

另一個和 what 有關的常見用語是 "You what?" 意思是「你敢怎樣？」適用於對方說了一句挑釁的話時，你就可以反問對方 "You what?"。

**A** Get out, or I'll kick your ass.

滾開！不然我會揍扁你！

**B** You what?

你敢怎樣?

深入分析

"You what?" 也表示你不敢相信對方所說的話或所做的事!

**A** I just leave him alone at the bar.

我就把他一個人留在酒吧裡!

**B** You what?

你怎樣?

# Why?

為什麼?

深入分析

想要知道「原因」的用法有很多種,最常見的就是 "Why?" 的疑問句。不論是何種情境,你都可以用單字短語 "Why?" 來探求答案。

**A** Why?

為什麼?

**B** You want to know why?

你想知道為什麼嗎?

**A** Yeap.

是啊！

---

**A** Why?

為什麼？

**B** What do you mean why?

你的為什麼是什麼意思？

---

**A** It's over now.

現在事情都結束了！

**B** Why?

為什麼？

## Why not?

好啊！

#### 深入分析

若是對方提出否定的言論，此時你就可以反問「為什麼不可以…」，只要在 why 後面加上 not 即可！

**A** You shouldn't go with that guy.

你不應該和那傢伙去！

**B** Why not?

為什麼不可以？

---

深入分析

有時候 "Why not?" 並不代表真的想要知道「為什麼不可以…」，而是類似中文的「有何不可」的情境，意思就是「好啊」、「可以」。

---

**A** Wanna go with us?

想和我們一起去嗎？

**B** Why not.

好啊！

---

**A** Can you do me a favor?

可以幫我一個忙嗎？

**B** Sure. Why not?

好啊！有什麼不可以的！

---

008

# How come?

為什麼？

---

深入分析

此外，另一種常見「詢問原因」的用法則是 "How come?"，可不是「如何來」的意思，是一種比較文雅的用法。

**A** I changed my mind.

我改變想法了！

**B** How come?

怎麼說？

---

**A** Maybe you misunderstood David.

也許你誤會大衛了！

**B** How come?

為什麼呢？

## Where?

在哪裡？

深入分析

有關「地點」的問句則多半和 where 有關，不論是人事物等，都可以問 "Where?"

**A** Where?

在哪裡？

**B** You know where.

知道在哪裡啊！

---

**A** Where?

在哪裡？

**B** It's over here.

就在這裡！

---

**A** Did you see my watch?

你有看見我的手錶嗎？

**B** Yeap!

有啊！

**A** Where?

在哪裡？

深入分析

若要特指哪一種物品或人在哪裡，則可以加上 it 或人稱主詞等，例如 "Where is it?" （它在哪裡？）

**A** Where is he? ──────────────── MP3 009

他在哪裡？

**B** I have no idea.

我不知道！

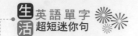
## Where to?

要去哪裡？

---

**深入分析**

此外，若是計程車司機問你「要載你去哪裡？」可不要自作聰明用中式英文說："To where?"，而是慣用問法的 "Where to?"

**A** Where to?

要去哪裡？

**B** Taipei Station, please.

請載我去台北車站！

**A** No problem.

好的！

---

**A** Excuse me, where to?

抱歉，您說要去哪兒？

**B** Taipei Railway Station.

台北火車站。

**A** As you wish.

好的！

# Who?

是誰？

深入分析

當你要詢問的「對象」是人時，則多半用 who 這個
單字，例如「是誰？」就可以說 "Who?" 不分男女
老少一律都適用。

**A** Who?

是誰？

**B** It's David. David Jones.

是大衛，大衛‧瓊斯。

---

**A** Hey, did you see him?

嘿，你有看見他嗎？

**B** Who?

(看見)誰？

**A** A tall guy in red.

一個穿紅衣服的高個子男人。

---

**A** I just saw David and Susan.

我剛剛看見大衛和蘇珊！

**B** Who?

(看見)誰？

**A** David asked you to call him back.

大衛叫你回電給他。

**B** Who?

誰？

**A** David, your best friend.

大衛，你的好朋友啊！

深入分析

若是房門外有人，則中文會說「是誰啊？」英文則不可以單說 "Who?" 而要用慣用語 "Who is it?" 詢問，it 是固定用法，不可替換使用。

**A** Who is it?

是誰啊！

**B** It's me, David.

是我，大衛啦！

 011

# Who is this?

你是哪一位？

深入分析

若是電話用語，詢問對方身份時則一律用 "Who is this?"，同樣的，this 也是固定用法，不可以直接說 "Who are you?"。

**A** Hello?

喂?

**B** Who is this?

你是誰?

**A** This is David calling from Taiwan.

我是從台灣打電話過來的大衛。

# When?

什麼時候?

**深入分析**

詢問時間或日期等問句多半和 when 有關,通常不適用於指定某一個時間點的問句,而是某個大約的時間或日期。

**A** David's going back to Japan.

大衛要回去日本了。

**B** When?

什麼時候(要回去)?

**A** Next week, I guess.

我猜下禮拜吧!

**A** I'm planning to visit my friends.

我打算去拜訪我的朋友們。

**B** When?

什麼時候要去？

---

**A** Don't worry. I'll let him out.

不用擔心！我會放他走！

**B** When?

什麼時候要放？

---

深入分析

若是屬於特定時間點的情境（例如訂位、預約…等），需要說明確切的時間點，則是使用 "what time" 的問句。

---

**A** What time? ──────────── 🎧 012

幾點鐘？

**B** About ten thirty.

大約十點半。

---

**A** I'd like to make a reservation for tonight.

我要預約今晚的座位。

**B** All right. What time?

好的，要預約幾點鐘？

# Since when?

從什麼時候開始的？

### 深入分析

另一個和 when 相關的片語是 "Since when?" 表示「從什麼時候開始的？」適用在當對方說明一件事情的始末時，你想要知道這個狀況是何時發生或開始的情境下。

**A** I can't eat anything.

我吃不下飯！

**B** Since when?

是從什麼時候開始（吃不下飯）的？

---

**A** Since when?

從什麼時候開始的？

**B** Since last Friday.

從上週五開始。

---

**A** Since when?

從什麼時候開始的？

**B** 2 AM, I guess.

我猜是早上兩點鐘吧！

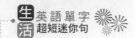

MP3 013

# How?

該怎麼做？

深入分析

詢問和「方法」有關的問句時，則多半使用 how 的問句。

**A** Why don't you change your plans?
你怎麼不改變你的計畫呢？

**B** How?
該怎麼做？

---

**A** How?
該怎麼做？

**B** Maybe you can call him for help.
也許你可以打電話給他請求幫忙！

深入分析

how 也可以搭配其他子句共同使用，更能說明「方法」的使用。

**A** You tell me how.
你告訴我要怎麼做。

**B** Me? Are you kidding?
我？你開玩笑吧！

## How come?

為什麼？

**深入分析**

和詢問方法的「如何」很類似的是 "How come?"，是指「詢問原因」的問句，千萬別搞混！

**A** I have no idea.

我不知道！

**B** How come?

怎會會呢？

 014

## Pardon?

你說什麼？

**深入分析**

若你聽不清楚對方所說的話時，中文會說「你說什麼？」在英文則可以說 "Pardon?"

**A** Maybe it's a good...

也許是個好的…

**B** Pardon?

你說什麼？

**A** I don't think it's a good idea.

我不覺得是個好主意！

**B** Pardon?

你說什麼？

**A** I said it's not a good idea.

我說這不是個好主意！

---

**A** Pardon?

你說什麼？

**B** You're not listening to me.

你都沒在聽我說！

---

深入分析

　"Pardon?" 是有點正式又比較簡易的問句，較正式的說法是 "I beg your pardon." 表示請對方「再說一遍」的意思，此外，"I beg your pardon?" 也可以使用疑問句語氣。

**A** I beg your pardon.

你再說一遍。

**B** Never mind.

算了！

---

**A** I beg your pardon?

你再說一遍？

**B** It may take thirty minutes or more.

可能需要卅分鐘或更久的時間。

# Excuse me?

你説什麼？

深入分析

另一種因為聽不清楚而請對方「再說一遍」的口語化
用法則是 "Excuse me?" 通常是使用疑問句語氣。

**A** David said it's on the desk.

大衛説東西在桌子上。

**B** Excuse me? ——————————— 🎧 015

你説什麼？

**A** On the desk.

在桌子上啦！

# What did you say?

你説什麼？

深入分析

另一種因為聽不清楚，所以請對方「再說一次」的用
法是 "What did you say?" 表示「你說了什麼？」的
意思，若是要強調「剛才」的時間點，則可以在 did
後面加 just。

**A** Or I'll kick your ass.

不然我會揍扁你！

**B** What did you say?

你說什麼？

---

**A** What did just you say?

你剛剛說什麼？

**B** Never mind.

算了！

# Listen.

聽我說！

深入分析

當你希望對方能夠仔細聆聽你說話時，就可以用祈使語句 "Listen." 中文翻譯是「仔細聽我說」的意思。

**A** Listen.

聽我說！

**B** I'm listening.

我正在聽啊！

深入分析

有時候 "Listen, ..." 並不是真的指「認真聽我說」的指示動作，而是一種加強用語，帶有「情況是這樣子的…」或「這樣吧，…」的意思。

**A** Listen, maybe we can go fishing on the weekend.

這樣吧，也許我們週末可以去釣魚。

**B** Well, I don't think so.

呃，可是我不想去。

深入分析

若你聽見某種怪聲音，也希望對方能安靜下來仔細聽這個聲音時，就可以說 "Listen!" 表示「安靜下來聽聽這個聲音」的意思。

**A** Listen! ──────────── 🎧 016

你聽！

**B** What? What did you hear?

什麼？你有聽見什麼聲音？

────────────────────────

**A** Listen!

你聽！

**B** I heard nothing.

我什麼都沒聽見啊！

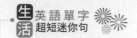
## Listen to me.
聽我說！

深入分析

若要強調「聽我說」這個「我」的對象時，則可以在 listen 之後加上 "to me" 說 "listen to me"

A Listen to me.
聽我說！

B Say no more, please.
拜託，不要再說了！

A Listen to me.
聽我說！

B Keep going.
說吧！

MP3 017

## Look.
你瞧！

深入分析

"Look." 是「你看看」的祈使句，是要對方仔細注意某個物品、人物或事件的意思。

**A** Look.

你瞧！

**B** Who is that cute guy?

那個帥哥是誰啊？

---

**A** Look.

你瞧！

**B** What?

什麼？

**A** Don't you see that?

你沒看見那個嗎？

---

深入分析

"Look." 也可以和其他語句共同使用，例如 "See?" ，表示「仔細看！明白嗎？」的意思。

**A** I don't know how to fix the machine.

我不知道要怎麼修理這個機器。

**B** Look. See?

仔細看！清楚吧！

**A** I see.

我清楚了！

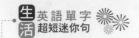

## Look out!

小心！

**深入分析**

此外，look out 的片語可以適用在提醒對方「小心」的意思，而不是「向外看」的意思（當然某些情境下的確是指「向外看」）。

**A** Look out!

小心！

**B** Thank you. You save my life.

謝謝你！你救了我一命！

**A** Look out!

小心！

**B** Shit! What was that?

可惡！那是什麼鬼東西？

**A** You tell me.

你說呢？

# See?

我就說嘛！

### 深入分析

see 雖然是指「看」的意思，但若是在疑問語句中，則表示「誰叫你不聽我的話」的意思，類似中文「我就說嘛！」表示「我提醒過你」的情境。

**A** See?

我就說嘛！

**B** Impressive.

真是令人印象深刻！

---

**A** See?

我就說嘛！

**B** I can't believe it.

我真是不敢相信！

---

**A** I broke up with David.

我和大衛分手了！

**B** See? I told you before.

我就說嘛！我以前就警告過你！

### 深入分析

當然 "See?" 也可以是詢問對方「清楚嗎？」「瞭解嗎？」的意思。

**A** See?

清楚了嗎?

**B** I see.

我瞭解了!

---

**A** I don't know how to fix it.

我不知道要怎麼修理耶!

**B** Don't worry. See?

不用擔心!瞭解了嗎?

**A** I've got it.

我瞭解了!

## See someone
### 和某人交往

**深入分析**

另一個 see 的有趣用法是「男女交往」的意思,例如 "see someone" 就是指「和某人交往」的意思。

**A** Are you seeing someone? ——— 🎧 019

你有交往的對象嗎?

**B** No. Why?

沒有啊!幹嘛這麼問?

# Jerk!

混蛋！

深入分析

若是以不敬的言詞稱呼對方，有許多種方式，最常見的一個單字稱呼便是 "Jerk"，表示「混蛋」或「怪人」的意思。

**A** Jerk!

混蛋！

**B** What? What did I do?

什麼？我有做了什麼嗎？

**A** Jerk!

混蛋！

**B** Hey, who do you think you are?

嘿，你自以為自己是誰啊？

**A** Jerk!

混蛋！

**B** I beg your pardon?

你說什麼？

深入分析

另一種常見的咒罵稱呼則是 idiot，表示「笨蛋」、「白癡」的意思。

**A** Idiot. Look what you did. ── 🎵 020

笨蛋！看你做的好事！

**B** I'm really sorry.

我真的很抱歉！

# Shit.

狗屎！

**深入分析**

shit 最常見的中文翻譯是指排泄物的意思，是在極度不滿或生氣的情況下使用的咒罵語句。

**A** Shit.

狗屎！

**B** I beg your pardon?

你說什麼？

**A** Shit. It's all over now.

狗屎！全毀了！

**B** Come on. You're still young.

不要這樣嘛！你還年輕啊！

**深入分析**

除了「狗屎」之外的中文翻譯，shit 也可以當成一種發洩的用語，通常表示「糟糕」、「慘了」的情境。

**A** Shit.

糟糕！

**B** What? What happened?

怎麼啦？發生什麼事了？

**A** I broke the window. ———— 🎧 021

我打破窗戶了！

---

**A** What the hell are you doing here?

你在這裡搞什麼飛機啊？

**B** Shit! Sorry, I won't do it again.

糟糕！抱歉！我不會再犯了！

## give a shit

不在乎

### 深入分析

此外，和 shit 有關的常見片語則是 "give a shit"，表示「不在乎」、「一文不值」的意思。

**A** I don't give a shit what you think.

你怎麼想我才不在乎呢！

**B** How could you say that?

你怎麼能這麼說？

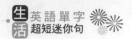

**A** So what?

那又怎麼樣？

# Right?

對嗎？

深入分析

若想要得到對方的肯定回覆，就可以問問對方：「對嗎？」「是嗎？」，表示詢問的意思，英文就可以說 "Right?"

**A** Right?

對嗎？

**B** I don't think so.

我不這麼認為！

---

**A** Right?

對嗎？

**B** That's right.

沒錯！

---

**A** Right?

對嗎？

**B** Yeah, I think so.

是啊，我想是這樣的！

深入分析

除了以上的用法之外，也可以先發表你自己的言論
後，再追問對方："Right?"

**A** What do you think? ─────── MP3 022

你的看法呢？

**B** It's a trap. Right?

這是個陷阱，對吧？

## Am I right?

我是對的嗎？

深入分析

若要強調「我是不是對的？」則可以說："Am I
right?"

**A** Am I right?

我是不是對的？

**B** Well, I don't really know...

呃…我不太知道耶！

**A** Come on, buddy.

老兄，不要這樣嘛！

深入分析

right除了表示「正確的」之外，也可以表示「右邊」
的意思。

**A** Right?

右邊嗎？

**B** Yes, turn right.

對，右轉！

## right away

立即

> **深入分析**
>
> 此外，right也可以是口語化用法中的「立即」、「馬上」的意思，例如常見的片語就有 "right away"。

**A** I'll be right back.

我馬上就回來。

**B** Where arc you going?

你要去哪裡？

**A** I'll let you know.

我會讓你知道的！

---

**A** What did he say?

他說了什麼？

**B** He didn't answer right away.

他沒有馬上回答。

深入分析
和 right 的意思相反，wrong是表示「錯誤」的意思。

**A** Wrong? —————— 🎧 023

不是嗎？

**B** I don't know.

我不知道耶！

---

**A** Let me see. Well...

我想想！嗯…

**B** Wrong?

不對嗎？

**A** You tell me.

你說呢？

# Correct!

正確！

深入分析
和 right 的用法很類似，也是強調「正確無誤」的意思。

**A** I think the answer is A. Right?

我覺得答案是A，對吧？

**B** Correct!

正確！

---

**A** The one in red shirt?

是穿紅襯衫的那個人嗎？

**B** Correct!

正確！

---

**A** Correct!

正確！

**B** Really? I can't believe it.

真的？我真是不敢相信！

---

**A** Maybe they are gone. ——— MP3 024

也許他們離開了！

**B** Yeah. Correct.

是啊！沒錯！

# Bingo!

答對了！

深入分析

Bingo 原是一種「賓果」遊戲的名稱，後來在某些猜
測的情境場合中，就非常適合當成公布結果地說：
"Bingo!" 表示「答對」或「中獎」的意思。

**A** I know the answer! It's C!

我知道答案，是C。

**B** Bingo!

答對了！

**A** Maybe... he didn't go to the park?

也許…他沒有去公園？

**B** Bingo!

答對了！

**A** Are you one of them?

你是他們的一份子嗎？

**B** Bingo!

答對了！

**A** You really don't care, do you?

你真的不在意，對吧？

**B** Bingo! — 🎧 025

沒錯！

**A** Bingo!

找到了！

**B** Yes!

太好了！

---

深入分析

當你回應 "Bingo!" 後，也可以順便問問對方「怎麼
會知道呢？」

**A** Bingo! How did you know?

答對了！你怎麼會知道？

**B** Yes! I just knew it.

太好了！我就是知道！

## OK?

好嗎？

深入分析

當要確認對方同意的情境時，就可以說 "OK?" 表示
「可以嗎？」「好嗎？」的意思。不同語氣也有不同
的解讀。

**A** OK?

好嗎?

**B** Sure.

好啊!

---

**A** OK?

好嗎?

**B** No problem.

沒問題!

深入分析

"OK?" 的完整句子為 "Is it OK?" 或是要強調「對你來說可以嗎?」就說 "Is it OK with you?"

**A** Is it OK with you?

你可以嗎?

**B** Yeah, it's OK.

是啊!沒問題!

深入分析

當你評論某一事件或提出某觀點時,若要得到對方相同見解的認證或同意時,也可以在句尾後面加上 "OK?"

**A** Come back in 20 minutes, OK? 🎧 026

20分鐘之內回來,可以嗎?

**B** Of course.
當然好！

**A** Do me a favor, OK?
幫我一個忙，好嗎？

**B** Sure. What's up?
好啊！什麼事？

---

# Sorry.
抱歉！

### 深入分析

當你要向對方致歉時，最簡單、最口語化的用法便是 "Sorry!"

**A** Sorry.
抱歉！

**B** It's OK.
沒關係！

**A** Sorry.
抱歉！

**B** Don't worry about it.
不用擔心啦！

深入分析

若是要針對某一事件致歉時，則在 sorry 的後面加上
"about..."，表示是對這件事感到抱歉。

**A** Sorry about that.

那件事我很抱歉！

**B** Come on, it's not your fault.

不要這樣，不是你的錯！

深入分析

若是「感到很抱歉必須做某件事」，則可以用 "be
sorry to do..." 在 to 的後面要加原形動詞。

**A** Sorry to bother you. ——————  027

抱歉打擾你了！

**B** No, not at all.

不會啦！

深入分析

致歉也有分誠意的程度高低，若是「極度地抱歉」，
則用 really 或 awufully 修飾，表示「非常地」。

**A** I'm really sorry.

我真的很抱歉！

**B** Hey, don't say that again.

嘿，不要再這麼說了！

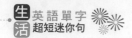

# Thanks.

謝謝！

### 深入分析

要表達謝意的最簡單的用語是 "Thanks"。要注意，thank 的後面之所以加 s 是為了表達「很多感謝之情」的意思。

**A** Here you are.

這個給你！

**B** Thanks.

謝謝！

**A** No problem.

不客氣！

---

**A** Thanks.

謝謝！

**B** You're welcome.

不客氣！

### 深入分析

若對方對你的謝意還感到「不必如此感激」的謙虛，就可以在 thanks 之前再加一句 "Anyway, ..." 表示「不管如何，還是要謝謝你」。

**A** Come on. What are friends for? 〔MP3〕028

不必啦！朋友就是要互相幫忙啊！

**B** Anyway, thanks.

總之，還是謝謝你！

---

#### 深入分析

特別針對某一對象的感激之情，則可以用 "Thanks to
somebody" ，最常見的有 "Thanks to you." 。

---

**A** Thanks to you.

感謝你！

**B** Anytime.

不客氣！

---

#### 深入分析

"Thanks to you." 也有另一層意思，除了「多虧你
了！」之外，也有那種「都是你造成的」的抱怨，通
常是在挖苦對方或對方弄巧成拙的情境下使用。

---

**A** Thanks to you.

都是你造成的！

**B** I said I'm sorry.

我說了對不起嘛！

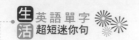
## Thank you.

謝謝你！

深入分析

另一個常見表達「感謝你」的用法，則是 "Thank you."

**A** Thank you.

感謝你！

**B** It's OK.

不客氣！

## Thank you so much.

非常感謝你！

深入分析

感謝用語若要發揮到極致，就可以在後面加上加強語氣的 "so much"，表示「非常地」的意思。

**A** Thank you so much.

非常感謝你！

**B** My pleasure.

（能幫助你）是我的榮幸！

# Please?

拜託啦！

深入分析

please 是很常見的請求用語，通常搭配句子使用，例如 "Please do me a favor." 或是 "Sit down, please." 但若是單獨使用，也可以代表「請求」的意味。若是哀求的語氣，則是中文「拜託！」的意思，多半使用哀求的疑問語氣。

**A** Can I go to see the movie with David?

我可以和大衛去看電影嗎？

**B** No way.

不可以！

**A** Please?

拜託啦！

---

**A** Please?

拜託啦！

**B** We'll see.

再說吧！

---

**A** Mom, I wanna go the park.

媽咪，我想去公園！

**B** I don't think so.

不可以！

**A** Please?

拜託啦！

# Please.

### 麻煩你了！

**深入分析**

當你接受或應允對方提供你的服務時，除了說
"yes" 之外，也可以直接說 "Please." 表示「麻煩你
了！」的意思。

**A** You want sugar and cream with you coffee?

你的咖啡裡要加糖和奶精嗎？

**B** Please.

麻煩你了！

**深入分析**

若你答應對方提供的服務，當然也可以將 yes 和 ple-
ase 合併使用，會更加顯得你的禮貌周到。

**A** Tea?

要喝茶嗎？

**B** Yes, please.

好的，麻煩你了！

---

**A** How many tickets?

要買幾張票？

**B** Two, please.

兩張，麻煩你囉！

深入分析

please 除了請求、答應的意思之外，也可以用強硬的
語氣說 "Please!"，表示「拜託，少來了！」以阻止
他人正在做或正在說的令人不悅的動作、話語等。

**A** Please! Mary, this is all so unnecessary.

拜託，瑪莉，這些根本就不需要啊！

**B** Why not?

為什麼不需要？

深入分析

也可以說 "Please!" 以呼喊或引起他人的注意，和
"hey" 比起來，是屬於比較禮貌周到的用語。

**A** Please, sir, can we have some more?

先生，請問可以多給我們一點嗎？

**B** Sure. I'll be right back with you.

好的！我馬上回來處理！

MP3 031

# Help.

### 救命啊！

**深入分析**

help是「幫助」的意思，若用在情況危急的情境中，則是呼喊「救命啊！」的意思。

**A** Help.

救命啊！

**B** Just calm down, madam.

女士，冷靜一點！

---

**A** Help! Help!

救命啊！救命啊！

**B** What's wrong?

怎麼啦？

**A** Please call me an ambulance.

請幫我叫一輛救護車！

**深入分析**

遇到緊急狀況時，除了大聲呼喊 "Help!"，也可以再補充一句："Anybody here?"，表示「有人在附近嗎？」

**A** Help! Help! Anybody here?

救命啊！救命啊！有人在嗎？

**B** What's going on here?
這裡發生什麼事了？

深入分析

前面說過，help 是「幫助」的意思，若要說明「幫助」的對象，則可以在 help 後面加上人稱代名詞的受詞 me、him、her 或是 them…等。

**A** Are you OK?
你還好吧？

**B** Help us.
幫幫我們吧！

---

**A** Help me, please.
請幫幫我！

**B** What happened?
發生什麼事了？

 032

# Hello?

有人在嗎？

深入分析

常見的 hello 是打招呼的意思，但是也適用在當成呼喊或發出聲詢問以引起他人注意的情境中。

**A** Hello?

有人在嗎？

**B** What can I do for you, sir?

先生，有什麼需要我效勞的嗎？

**A** Yes. I was wondering...

是的！我在想…

---

**A** Hello?

有人在嗎？

**B** Over here.

我在這裡！

---

**A** Hello?

有人在嗎？

**B** Susan! What are you doing here?

蘇珊！妳怎麼會在這裡？

**A** I heard some voices.

我有聽到一些聲音！

---

> **深入分析**
>
> 當你要確定是否有人在這附近時，除了呼喊
> "Hello?" 之外，也可以接著大聲詢問 "Anybody
> here?" 類似中文「有人在嗎？」的用法。

**A** Hello? I'm home.

有人在嗎？我回來囉！

**B** Hey, you're early.

嘿，你提早回來囉！

---

**A** Hello? Anybody here?

喂！有人在嗎？

**B** Yes?

有事嗎？

🔊 033

# Hello.

你好！

---深入分析---

英文打招呼最常用的句子就是 "Hello." 幾乎已經變成全球共通的語言了，不論走到哪裡、彼此認識都適用，非常適合在打開話匣子的情境中使用。

**A** Hello.

你好！

**B** Hello yourself.

你好！

---

**A** Hello.

你好！

**B** Hi, how are you doing?

嗨，你好嗎？

**A** Good. You?

很好！你呢？

---

**A** Hello.

你好！

**B** Hello, Mr. Smith.

你好！史密斯先生！

深入分析

當然打完招呼後，你就可以適時地向對方問候或關心對方的近況囉！

**A** Hello, how are you doing?

哈囉，你好嗎？

**B** Great. And you?

很好！你好嗎？

深入分析

要記住，若是向認識的人打招呼，一定要在 hello 之後再稱呼對方的名字，表示你認識他，也才能表現出對對方的尊重。

**A** Hello, Mr. Smith.

哈囉，史密斯先生！

**B** Hi, David, where are you going now?

嗨，大衛，你現在要去哪裡？

**A** David!

大衛!

**B** Hello, Susan.

哈囉,蘇珊。

#### 深入分析

hello 除了是一般打招呼用語之外,也適用在電話用語的情境中,有點類似中文拿起電話時所說的「喂?」

**A** Hello. —————————— 🎧 034

喂!

**B** Oh hi, David. It's Susan.

喔,嗨,大衛。我是蘇珊。

**A** Hi, Susan.

嗨,蘇珊。

## Hi.
### 你好!

#### 深入分析

和 hello 類似的用法,hi 也經常使用在打招呼的情境中,只是和 hello 比起來,hi 顯得更為隨性、口語。

**A** Hi.

你好!

**B** Hi.

你好！

---

**A** Hi.

你好！

**B** Hello, how are you doing?

哈囉，你好嗎？

---

深入分析

不管是認識或不認識的對象，都可以用 hi 來打開話匣子。

---

**A** Hi.

嗨！

**B** Hey, what are you doing here?

嘿，你在這裡做什麼？

**A** I wanna go skiing. Wanna come with me?

—— MP3 035

我要去滑雪。你要和我一起去嗎？

**B** Sure, why not.

好啊！我很願意。

---

**A** Hi, my name is David.

嗨，我是大衛！

**B** Nice to meet you. I'm Susan.

很高興認識你！我是蘇珊。

## Hi, there.

嗨，你好嗎？

### 深入分析

用 hi 打招呼是非常隨性的方式，多半適用在年輕人的非正式場合中，或是不認識的人之間的打招呼方式，所以您也可順便學學這種 "Hi, there." 的打招呼方式。

**A** Hi, there.

嗨，你好！

**B** Hey, good to see you again.

嘿，很高興又看見你了！

**A** Hello.

你好！

**B** Hi, there.

嗨，你好嗎？

MP3 036

# Hey.

就是你！

### 深入分析

hey 是一種表示驚訝、疑問、喜悅的驚嘆語，也是或用以喚起對方注意的用語，類似中文的「嗨」、「喂」用法。

**A** Hey.

就是你！

**B** What's up?

什麼事？

**A** Hey.

就是你！

**B** What? What do you want?

什麼？你想幹嘛？

# Hey, you.

喂，就是你！

### 深入分析

只是光說 hey 若還不足以引起對方的注意，當對方與你四目交接時，你也可以說 "Hey, you!"，表示「喂，不要看別人，就是你」的意思。

**A** Hey, you!

就是你！

**B** Yes?

有事嗎？

**A** Are you David Jones?

你是大衛・瓊斯嗎？

**B** Yes, it's me.

是的，我就是！

深入分析

說了 hey 之後，你可以直接告訴對方你之所以喚他注意的原因。

**A** Hey! Where are you going?

喂！你要去哪兒？

**B** I'm going to the park.

我正要去公園。

**A** Hey. Stop it.

就是你！住手！

**B** Just leave me alone.

不要管我！

# Good.

不錯！

### 深入分析

good 是「不錯的」、「好的」的解釋，帶有讚美、肯定的意味，適用於人事物等。

**A** What do you think of my report?

你覺得我的報告怎麼樣？

**B** Good.

不錯！

**A** That's all?

就這樣嗎？

---

**A** Good.

不錯！

**B** You really think so?

你真的這麼想嗎？

**A** Of course.

當然啊！

### 深入分析

表示讚美所說的 "Good."，完整句子是 "This is good."

**A** This is good.

這個不錯喔！

**B** Yeah? I don't know... Don't you think it's so strange?

真的嗎？我不知道耶…你不覺得很怪嗎？

**A** No, not at all.

不會啊，一點都不會！

---

深入分析

good 也適用在問候的情境中，例如對方問候你時，若不想多做說明，你也可以制式化單純地回應對方："Good."

**A** How are you doing?

你好嗎？

**B** Good.

不錯！

---

**A** How is your father?

你父親好嗎？

**B** He's good.

他很好！

## Fine.

我很好！

**深入分析**

上述的回應問候語句，除了 "Good." 之外，另一種同樣意思的說法是 "Fine." 也表示「很好」的意思。

**A** How are you?

你好嗎？

**B** Fine.

不錯！

## Great.

很好！

**深入分析**

great 是「好的」、「不錯的」的意思，在人際關係的相處中，帶有讚美的意味。

**A** What do you think of my idea?

你覺得我的主意怎麼樣？

**B** Great.

很好！

**A** I finished the sales report on time.

我準時完成銷售報告了！

**B** Great.

很好！

---

深入分析

若以程度來作分析，great 比 good 的讚美程度更高。
而完整句型則為 "This is great."

---

**A** Check it out. Isn't it good?

你看！很棒吧？

**B** This is great.

很好！

---

**A** I drew a house on the paper. — 🎙 039

我在紙上畫了一棟房子。

**B** This is great.

很好看！

---

深入分析

great 除了有讚美的意思之外，也有著對對方言行的
認同，表示同意的意思。

---

**A** I'll talk to him.

我會和他談一談。

**B** Are you sure?

你確定嗎？

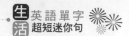
**A** Don't worry. Just leave it to me.

不用擔心！交給我就對了！

**B** Great.

很好！

---

**A** Let's invite them over sometime this weekend.

這個週末找個時間邀請他們過來吧！

**B** Great.

很好！

---

深入分析

此外，great 也具有隨意回應的功能，帶有「我瞭解」、「知道了」的意思，此時並沒有讚美的意思。

**A** I'll let you know by tomorrow.

我明天之前會讓你知道結果。

**B** Great.

好！

# Fine.

很好！

深入分析

fine 的字面意思是「美好的」的意思，但也可以使用在「瞭解」的情境中，例如對方提出他的解決方法，若你認同或首肯，就可以說："Fine." 表示「我知道了！」的意思。

**A** We can deliver it to your home tomorrow morning.

我們明天早上可以送貨到你家裡。

**B** Fine.

很好！

---

**A** They'll pick her up at five o'clock.

他們會在五點鐘去接她。

**B** Fine.

很好！

深入分析

在問候的場合中，和前述的 good 很類似，fine 也適用在回應對方「我很好」的情境中。

**A** How are you?

你好嗎？

**B** Fine.

我很好！

---

**A** How are you doing?

你好嗎？

**B** Fine. How about you?

不錯！你呢？好嗎？

**A** Good, I guess.

我還不錯啦！

---

深入分析

除了上述讚美、回應的意味之外，fine也適用「反諷」的情境中，有點類似「隨便你」的意思。想不到吧！這就和中文有點小賭氣地反諷說：「好！你就…」的意思，其實說這句話的人是老大不爽的吧！

---

**A** I don't wanna go with you.

我不想和你一起去！

**B** Fine. It's up to you.

很好！隨便你！

# Beautiful.

不錯喔！

深入分析

一般人知道的 beautiful 是形容「漂亮的」，此時則可以適用在各種事物的「漂亮的」或「好看的」的情境中。

**A** What do you think of my dress?
你喜歡我的衣服嗎？

**B** Beautiful.
不錯喔！

---

**A** Beautiful.
不錯喔！

**B** It's a piece of cake.
小事一件！

深入分析

若是形容在人身上時，beautiful 多半是適用在讚美女性或嬰兒等對象。

**A** This is my daughter Helen.
這是我的女兒海倫。

**B** She's so beautiful.
她真是漂亮。

除了代表「不錯！」的讚美意思之外，beautiful 也具有肯定、讚賞的「很棒」的意味，是非常口語化的用法。

**A** Let me show you.

我示範給你看！

**B** Beautiful.

很棒喔！

- - - - - - - - - - - - - - - - - - - - - - -

**A** Here you are.

給你！

**B** Beautiful. Did you do this by yourself?

很棒耶！你自己做的嗎？

**A** Yeah!

是啊！

beautiful 和 great 一樣，可以用 so 來加強語氣，例如可以說 "It's so beautiful."

**A** It's for you. Happy birthday!

送你！生日快樂！

**B** It's so beautiful. Thank you so much.

真的很漂亮！非常感謝你！

# Wonderful.

## 太好了！

深入分析

高度的讚美情境中，就非常適合說 "Wonderful." 類似中文的「太棒了」、「太好了」的意思。

**A** Wonderful.

太好了！

**B** Really? You really think so?

真的嗎？你真的這樣認為嗎？

**A** Sure.

當然啊！

---

**A** I made it!

這是我做的！

**B** Wonderful. I'm really proud of you.

太好了！我真的是以你為榮！

深入分析

若要讚美對方的表現，你可以在 wonderful 之前加油添醋地說一些感嘆詞，例如 "Wow!" 就是類似中文的「哇！」表示訝異的情境。

**A** Check this out. What do you think of it?

你看！你覺得怎麼樣？

**B** Wow! Wonderful.
哇！太好了！

---

深入分析

wonderful 的讚美用法的完整句型是 "It's wonderful." 或是 "This is wonderful."

---

**A** Check this out.
你看！

**B** It's wonderful.
太好了！

---

 043

# Excellent.

### 太好了！

---

深入分析

和 wonderful 比起來，excellent 也是不相上下的讚美用語。

---

**A** Take a look at this.
你看！

**B** Excellent.
太好了！

**A** Well? Say something.
怎麼樣？說說看啊！

**B** Excellent.
太好了！

**A** I'm glad to hear that.
真高興聽見你這麼說！

---

**A** This is excellent.
太好了！

**B** Yeah, I know.
是啊，我知道！

---

**A** Excellent. I just knew it.
太好了！我就知道！

**B** It's nothing, you know.
你知道的，這沒什麼啦！

---

深入分析

前面提過 wow 的感嘆語，這裡在提供您另一個常見
又簡單實用的感嘆語 "yeah"，也帶有認同的意味，
等於是口語中文的「是啊！」

---

**A** I can't believe it.
我真是不敢相信！

**B** Yeah, this is excellent.
是啊，真的是太好了！

MP3 044

# Brilliant.

太讚了!

### 深入分析

表達讚美的用法有許多種,brilliant 是比較文雅的說
法,表示「太棒了!」「太好了!」的意思。

**A** See? How do you like it?

你瞧!你喜歡嗎?

**B** Brilliant.

太棒了!

---

**A** Brilliant.

太棒了!

**B** Really? You like it?

真的嗎?你喜歡嗎?

# Awesome.

太棒了!

### 深入分析

awesome也是另一種讚美的語句,和 excellent 的程度
不相上下,都算是頂級的或不可思議的讚美用語。

**A** What do you think of it?

你覺得呢？

**B** Awesome.

太棒了！

---

**A** Awesome.

太棒了！

**B** I'm glad you like it.

我很高興你喜歡！

### 深入分析

awesome 的讚美完整說法可以是 "It's awesome." 或是 "This is awesome."

**A** It's awesome.

太棒了！

**B** Really? Let me take a look.

真的嗎？我看看！

**A** I can't believe it. ——————— MP3 045

我真是不敢相信！

**B** It's awesome, isn't it?

很棒，對吧？

---

**A** This is so awesome.

真的是太棒了！

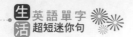
**B** Thanks. I'm glad to hear that.

謝謝！真高興聽見你這麼說！

# Terrible.

## 太可怕！

深入分析

凡是遇到可怕、令人不悅、令人驚恐的人事物的情境時，都可以用 terrible 來表達。

**A** Terrible.

太可怕！

**B** What? What did you see?

什麼？你看見什麼了？

---

**A** Well? What do you think of it?

怎麼樣？你覺得如何？

**B** Terrible.

太可怕！

**A** Why? What happened?

為什麼？發生什麼事了？

深入分析

和前面的讚美語句一樣，terrible 的完整用法是 "It's terrible."

**A** It's terrible. ———————— 🎧 046

太可怕！

**B** Come on, what happened?

怎麼啦？發生什麼事了？

深入分析

terrible 也適用在問候的情境中，表示「不太好」、「很糟糕」的意思。

**A** How are you doing?

你好嗎？

**B** Terrible.

很糟糕！

**A** Oh, what's the matter?

喔，怎麼啦？怎麼啦？

**A** You look pale. Are you OK?

你看起來臉色蒼白。你還好嗎？

**B** Terrible, I guess.

我想很糟糕吧！

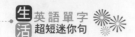
# Sucks.

糟透了!

### 深入分析

suck是非常實用、又常見的口語化短語,通常用來形容人事物的「糟糕」的意思,在中文翻譯中也可以解讀為「爛透了」、「遜斃了」的意思,通常用 "Sucks." 來表示。

**A** What do you think of the movie?

你覺得這部電影好看嗎?

**B** Sucks.

糟透了!

---

**A** How do you get along with your family?

你和家人的關係好嗎?

**B** Sucks.

糟透了!

---

### 深入分析

"Sucks." 的完整說法是 "It sucks." 此外,因為用詞不是很幽雅,所以許多父母並不喜歡孩子使用這種語言。

**A** Well, how would you like it? — 🎧 047

呃,你喜歡嗎?

**B** It sucks.

糟透了！

**A** What do you think of my idea?

你覺得我的想法怎麼樣？

**B** It sucks.

糟透了！

**A** Well?

你覺得呢？

**B** It sucks.

糟透了！

**A** Oh, I'm sorry to hear that.

喔，真是遺憾聽見你這麼說。

---

深入分析

你也可以直接說明是什麼事物讓你覺得 sucks，例如："The game sucks."，表示「這個比賽爛透了！」

---

**A** What do you think of the movie?

你覺得這部電影好看嗎？

**B** The movie sucks.

這部電影爛透了！

**A** The game sucks.

這場比賽爛透了！

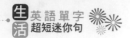
**B** Why? What's wrong?

為什麼會呢？怎麼啦？

🎧 048

# Cool!

酷斃了！

### 深入分析

一般人所知道的 cool 是指溫度的「冷的」，但是 cool 有另一種意思，表示一種崇拜式的「很棒」，類似中文的「酷斃了！」或是「很屌」的意思。

**A** What do you think of it?

你覺得怎麼樣？

**B** Cool!

酷斃了！

---

**A** Cool!

酷斃了！

**B** Oh, you really think so?

喔，你真的這麼認為？

---

**A** See? Isn't it great?

你瞧，不是很棒嗎？

**B** Cool.

酷斃了！

---

**A** Cool, man.

兄弟，酷斃了！

---

**B** I know that. I'm proud of it.

我知道！我感到很驕傲！

---

**A** This is cool.

酷斃了！

---

**B** Oh, it's nothing.

喔，沒什麼啦！

---

 049

## Funny.

好玩喔！

### 深入分析

funny 是指「有趣味的」，但是也可以表示「好玩的」這種值得令人感到玩味的意思。

**A** This is how we made it.

我們就是這麼做的。

---

**B** Funny.

好玩喔！

**A** Funny!

好玩喔!

**B** Funny? This is what you thought?

好玩?你是這麼想的嗎?

**A** Yeah! What's wrong?

是啊!有問題嗎?

**B** Nothing!

沒事!

---

深入分析

funny 是形容詞,你也可以搭配人事物的名詞一起使用,更加清楚的說明是什麼事令人覺得 funny。

---

**A** Funny thing!

這件事好玩喔!

**B** I don't think so.

我不這麼認為耶!

**A** Why not?

為什麼不?

# Interesting.

有趣喔！

### 深入分析

和上述 funny 的用法很類似，interesting 也是指「有趣」的意思，可以是形容人、事或物的對象。

**A** Interesting.

有趣喔！

**B** No, it's terrible!

不會，是可怕！

**A** Come on, it's just a joke.

不要這樣，這只是個笑話！

---

**A** Maybe we can do it this way.

也許我們可以這麼做！

**B** Interesting.

有趣喔！

**A** Does it mean you agree with me?

所以意思是你同意我囉？

**B** Of course.

當然！

**A** It's interesting.

有趣喔！

**B** Yeah, I did it on purpose.

是啊！我故意這麼做的！

## be interested in

(某人)對…有興趣

深入分析

若是主詞是人物，則可以使用 "sb. be interested in sth." 的句型，表示「某人對…感到有興趣」，記住主詞必須是「人」，不可以是「物」。

**A** I'm interested in playing baseball.

我對打棒球有興趣。

**B** Me, too.

我也是！

**A** What do you like to do on the weekend?

你週末喜歡做什麼事？

**B** I'm interested in reading books.

我對閱讀有興趣。

# be interesting

…是有趣的

深入分析

若是說明某人事物是令人感到有趣的,則要用 "be in-
teresting" 的句型。

**A** He's interesting.

他很有趣耶!

**B** I don't think so.

我不這麼認為!

---

**A** This game was interesting.

這場比賽真是有趣。

**B** I'm glad you like it.

我很高興你喜歡。

# Impressive!

令人印象深刻耶!

深入分析

impressive 是指「印象深刻」的意思,通常適用在當
你聽到某件事時的反應。

**A** Impressive!

令人印象深刻耶！

**B** Good. I'm glad you like it.

太好了！我很高興你喜歡！

---

**A** Impressive!

令人印象深刻耶！

**B** Yeah, I can't believe it.

是啊！我真的是不敢相信！

---

**A** Check this out.

你看！

**B** Wow! Impressive!

哇！令人印象深刻喔！

---

深入分析

若是要加強「令人印象深刻」的程度，一樣可以用 so 來形容。

**A** It's so impressive! ——————— MP3 052

令人非常印象深刻耶！

**B** Yeah, she had an incredible appetite.

是啊，她的食慾真好！

---

**A** Well, what do you think of it?

呢，你覺得如何？

**B** It's nothing.

沒什麼啊!

**A** That's all?

就這樣嗎?

**B** OK, it's impressive!

好吧,的確令人印象深刻!

# Amazing.

令人感到驚訝!

深入分析

若是要形容「令人感到驚訝」的情境,則你不得不學
會這句 "Amazing." 帶有「不可思議」、「真令人訝
異」的意思。

**A** Amazing.

令人感到驚訝!

**B** Yeah! I don't really know how they made
it.

是啊!我真是不知道他們怎麼辦到的!

**A** You know, it just happened like that!

你知道的,事情就這麼發生了!

**B** Amazing.

令人感到驚訝!

**A** Well? Hey, say something.
怎麼樣？嘿，説説話吧！

**B** Amazing, I guess.
的確令人感到驚訝！

---

**A** Isn't it great? ——————— MP3 053
你不覺得很好嗎？

**B** It's amazing.
令人感到驚訝！

---

**A** It's amazing.
令人感到驚訝！

**B** That's right.
沒錯！

# Pathetic!

真是悲哀！

**深入分析**

若要形容人或事的悲哀，則可以用 "pathetic" 來形容，和中文的「真是可悲！」的意思相同，除了憐憫的意味之外，有時也帶有輕蔑、看不起的意思。

**A** Pathetic!

真是悲哀！

**B** It's none of your business.

不關你的事！

---

**A** Pathetic!

真是悲哀！

**B** You're telling me.

還用你説！

---

**A** So I tried not to visit them.

所以我盡量不去拜訪他們。

**B** Pathetic!

真是悲哀！

---

**A** I can do nothing. ─────── 🎧 054

我無能為力。

**B** Pathetic!

真是悲哀！

---

**A** Did you hear what happened to David?

你有聽説大衛發生的事了嗎？

**B** Yeah, it's pathetic!

有啊！真是悲哀！

除了 "It's pathetic." 的完整用法之外，也可以直指對象的 pathetic，例如 "You're pathetic."

**A** You're pathetic, buddy!

兄弟，你真是悲哀！

**B** Leave me alone.

不要管我！

# Surprise!

給你一個驚喜！

電影中常見的一種場景：有人精心地安排一場秘密的生日派對時，當事人開門的那一剎那時，所有人齊聲大喊："Surprise!" 表示「給你一個驚喜！」的意思。

**A** Surprise!

給你一個驚喜！

**B** Wow! What is this for?

哇！這是幹什麼的？

**A** It's your birthday present.

是你的生日禮物啊！

**A** Surprise!
　給你一個驚喜！

**B** What? Oh, my God! Thank you so much.
　什麼？喔，我的天啊！非常感謝你！

----

**A** Surprise! ──────────── 🎧 055
　給你一個驚喜！

**B** David? I can't believe it. When did you come back?
　大衛？我真是不敢相信！你什麼時候回來的？

----

**A** Hello? Anybody home?
　喂？有人在家嗎？

**B** Surprise!
　給你一個驚喜！

4

# Yes.

好！

**深入分析**

yes 是非常常見的短語語句，表示「答應」、「願意」、「好」…等同意的意思。

**A** Can you show me how this vacuum cleaner works?

可以展示給我看這個吸塵器怎麼操作嗎？

**B** Yes.

好的！

**A** May I use your phone?

可以借用你的電話嗎？

**B** Yes.

好啊！

---

深入分析

yes 是正統的用法，口語化英文還可以用 "yeap" 或 "yeah" 來表示，通常適用在非正式或隨意回應的場合中。

---

**A** Do you wanna go skiing? —— 📢 056

你要去滑雪嗎？

**B** Yeap.

好啊！

---

**A** Pass me the clicker.

遙控器拿給我。

**B** Yeap. Here you are.

好的！給你！

深入分析

除了表示「答應」之外，yes 也可以代表「請繼續
說」的意思，通常使用疑問句語氣，表示鼓勵對方
「請說」，並帶有「你要說什麼」的詢問意思。

**A** Excuse me.

請問一下！

**B** Yes?

請說！

深入分析

若是單純的指「答應」的意思，則也可以用另一種常
見短語 "Fine" ，表示「願意」的意思。

**A** Why don't we go shopping tonight?

我們何不今晚去逛街？

**B** Fine.

好啊！

## Yes, of course.

當然好！

深入分析

若表示首肯，除了回答 yes 之外，禮貌一點的說法
則會伴隨著 "of course" 當結尾，表示「沒問題」的
意思，是一種加強語氣的用法。

**A** Does it have a dust bag?

這個有包含集塵袋嗎？

**B** Yes, of course.

有，當然有！

---

**A** Is it OK if I apply to several universities?

我可以申請多所大學嗎？

**B** Yes, sure.

當然可以啊！

MP3 057

# No.

## 不！

深入分析

有同意就有反對，yes 的反義用法就是 no，不論是正式或非正式場合都適用。

**A** Mom, can I have a dog?

媽咪，我可以養狗嗎？

**B** No.

不可以！

1
2
6

深入分析
若是要拒絕或反對對方，甚至提出否定的立場，也可以在 no 後面使用加強語氣，例如 "you can't" ，助動詞通常是依照對方的問句而決定的。

**A** Can I go swimming with David?
我可以和大衛去游泳嗎？

**B** No, you can't.
不行，不可以！

**A** Did you bring it back?
你有帶回來嗎？

**B** No, I didn't.
沒有，我沒有！

深入分析
若是你持反面意見的態度，則在回答對方你不認同的立場之後，可以再補一句 "I don't think so." 藉此加強你的反對立場。

**A** Do you think it was a UFO?
你覺得那是幽浮嗎？

**B** No, I don't think so.
不，我不這麼認為！

深入分析

除了表示「拒絕」這種不同意的解讀，no 也可以適用在令人難以接受的情境中，類似中文的「不會吧！」「我不相信！」通常會再加上驚嘆式的語氣。

**A** I had a car accident last night.

我昨晚發生車禍了。

**B** Oh, no!

喔！不會吧！

**A** Please come with us.

請跟我們走！

**B** NO!

不要！

**A** Calm down, madam.

女士，冷靜點！

深入分析

no 的口語化用法是 nope，正式場合不適用，通常是年輕人在輕鬆、隨意的場合適用，類似中文說的「沒有耶！」

**A** Are you coming home this weekend?

你這個週末要回家嗎？

**B** Nope.

沒有啊！

**A** Do you need any help?

你需要幫助嗎？

**B** Nope. Thanks!

不用！謝謝！

# Congratulations!

恭喜！

深入分析

不管是結婚、生子、升遷等，只要是令人感到高興的事，都可以向對方道聲「恭喜」，英文就叫做 "Congratulations!" 記得字尾要加 s，表示很多恭喜的意思。

**A** You know what? I passed the math exam.

你知道嗎？我通過數學考試了！

**B** Congratulations.

恭喜！

**A** I passed my driving test.

我通過駕照考試了。

**B** Congratulations.

恭喜！

**A** I've got a new job.

我找到工作了！

**B** Congratulations.

恭喜！

---

深入分析

若遇到值得祝賀的事，除了 "Congratulations!" 之外，你也可以說 "I'm glad to hear that." 表示「感同身受，我很為你感到高興」的意思。

---

**A** You know what? We won! ——  059

你知道嗎？我們贏了！

**B** Really? I'm glad to hear that.

真的？真高興聽見這個消息。

---

# Toast.

乾杯！

---

深入分析

當有事情值得舉杯慶祝時，就可以舉杯大聲說 "Toast." 表示「敬酒」的意思！

---

**A** Let's toast.

我們來乾杯！

**B** Toast.

乾杯！

## toast to somebody
對某人敬一杯

### 深入分析

若要對某人敬一杯，則可以使用 "toast to some-body" 的句型。

**A** Toast to David.

為大衛乾一杯！

**B** To David.

敬大衛！

 060

## Hello?
喂？（電話用語）

### 深入分析

接起電話的那一刻，中文會說「喂！」英文則可以說 "Hello?" 既可以是打招呼，也是接電話的用語。

**A** Hello?

喂？

**B** David, it's Susan.

大衛,我是蘇珊。

**A** Hi, Susan.

嗨,蘇珊。

---

**A** Hello?

喂?

**B** Hi, I'd like to talk to David.

嗨,我要和大衛講電話。

**A** OK. Wait a moment, please.

好,請稍等!

---

深入分析

若是商業場合的電話用語,通常會在說 "Hello" 之後報上所屬企業或部門的名稱。

**A** Hello. Four Seasons Restaurant.

喂!這是四季餐廳。

**B** Hi, I'd like to make an reservation for four people.

嗨,我要預約四個人的座位。

**A** All right.

好的!

深入分析

當雙方在通電話時，若是你感覺對方似乎沒有在用心
聽你講電話時，就可以提醒對方 "Hello?" 並問問對
方 "Are you still there?" 表示「你有沒有在聽電話
啊！」

**A** Hello? Are you still there?
　　喂？你還在聽嗎？

**B** Yeah, I'm listening.
　　有呀，我還在聽。

深入分析

除了電話用語之外，hello 也是熟人見面時的打招呼
用語。

**A** Hello. ──────────── MP3 061
　　哈囉！

**B** Oh hi, David. How are you doing?
　　喔，嗨，大衛。你好嗎？

**A** Terrible.
　　不太好！

**B** Oh, what's the matter?
　　喔？怎麼啦？

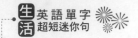

# Speaking.

我就是！（電話用語）

深入分析

若來電接起電話時，對方要找的人就是你自己，則你就可以直接說 "Speaking." 表示「我就是本人」的意思，不論男女都適用。

**A** May I speak to Mr. Smith?

我要和史密斯先生講電話。

**B** Speaking.

我就是！

**A** Hi, Mr. Smith, this is Tracy.

嗨，史密斯先生，我是崔西。

**A** Is David in the office?

大衛在辦公室嗎？

**B** Speaking.

我就是！

**A** Hi, I'd like to talk to David, please.

嗨，我要和大衛講電話。 ———— MP3 062

**B** OK. Wait a moment, please.

好，請稍等！

（稍後）

❶
❸
❹

**C** Speaking.

　我就是大衛！

**A** Hi, David, this is Mark, John's father.

　嗨，大衛，我是馬克，是約翰的父親啦！

## Bye.

再見！

深入分析

說再見的用語有許多種，最常見的就是 "hye"，也幾乎成為全球語言的慣用說法，像是常見的中文式再見：「拜！」或「拜拜！」也是從 bye 引申而來的，是比較隨性及非正式場合適用。

**A** It's too late now. See you later.

　太晚了！再見囉！

**B** Bye.

　再見！

**A** Bye.

　再見！

**B** See you.

　再見！

MP3 063

## Good-bye.

再見！

**深入分析**

bye 的完整說法是 "Good-bye"，屬於較正式場合使用的說法。

**A** I've got to leave.

我得走了！

**B** Sure. Good-bye.

好，再見！

---

**A** See you soon.

再見！

**B** Good-bye.

再見！

**深入分析**

你可以在說道別語之後，加上要道別對象的名字，表示尊重對方。

**A** Bye-bye, Mrs. Smith.

再見，史密斯太太！

**B** Bye, kids.

冉見，孩子們！

# See you later.

再見！

深入分析

另一種常見的道別說法是 "See you later." 字面意思
雖然是「晚點見」，也就是「再見」的意思。

**A** I really have to go now.

我現在真的得走了！

**B** OK. See you later.

好，再見！

---

**A** See you later.

再見！

**B** Take care. Good-bye.

保重！再見！

# I'll talk to you later.

再見！

深入分析

除了 "See you later." 之外，還有另外一種道別用
語，也是比較熟識的朋友之間的用語： "I'll talk to
you later." 字面意思是「我晚點再和你說話」，其實
就是「再見」的意思。

**A** I'll talk to you later.

再見！

**B** OK. See you tomorrow.

好，明天見！

 MP3 064

# Liar.

你說謊！

### 深入分析

當你發現對方不誠實、說謊時，就可以提出你的不滿：" Liar." 表示「說謊者」，也就是中文「你說謊！」的意思。

**A** What have you done?

你做了什麼事？

**B** Not me! I didn't do it.

不是我！我沒做！

**A** Liar.

你說謊！

**B** Trust me, please.

請相信我！

**A** Liar.

你說謊！

**B** No, I'm not. I swear.
沒有，我沒有！我發誓。

---

**A** So I decided to quit.
所以我就決定要辭職！

---

**B** Liar.
你說謊！

---

**A** What made you think so?
你為什麼會這麼認為？

## It's not true.
這不是真的！

#### 深入分析

若是直接點出對方 "Liar"，多半比較具有挑釁的意味，此時可能會引起對方的反彈，也許你可以說 "It's not true." 表示「我聽到的不是真實的」，也間接點出對方說謊的意思。

**A** It's not true.
這不是真的！

**B** Believe it or not.
隨便你相不相信！

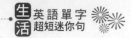
MP3 065

# Anything?

有發現什麼嗎？

**深入分析**

當你用疑問語氣問 "Anything?" 時，字面意思是「有任何事嗎？」也就是你想要探詢「是否有什麼發現」的意思，多半適用在找尋某事物或真相的情境時使用。

**A** Anything?

有發現什麼嗎？

**B** Nothing.

什麼都沒有！

**A** Anything?

有發現什麼嗎？

**B** Yeah! Check this out.

有！你看！

**A** What the hell is that?

這是什麼東西？

**B** You tell me.

你說呢？

深入分析

如果 "Anything?" 還無法明白點出你的探詢意味，
你也可說 "Did you see anything?" 表示「你有看見什
麼嗎？」特別強調「看見」的行為。

**A** Did you see anything?

你有看見什麼嗎？

**B** No, nothing at all.

沒有，都沒什麼東西！

深入分析

不同於上述的 see（看見）的動詞，若是改說 "Did
you find anything?" 則是強調「尋找」（find）的動
作。

**A** Did you find anything?

你有發現什麼嗎？

**B** Nope! How about you?

沒啊！你呢？

 066

# Nothing.

什麼都沒有！

深入分析

nothing是指「空無一物」的意思，以此延伸「沒有」
的意境，可以適用在所有事物上。

**A** What the hell did you do?

你搞了什麼飛機？

**B** Nothing.

什麼都沒有！

---

**A** What did you find?

你發現什麼了嗎？

**B** Nothing.

什麼都沒有！

**深入分析**

除了上述形容事物，nothing 也可以表示所說的話，若「什麼都沒有說」、「什麼都沒有做」，都可以用 nothing 表示。

**A** What would you say?

你說呢？

**B** Nothing.

什麼都沒有啊！

**A** What do you mean nothing?

「什麼都沒有」是什麼意思？

# Nothing at all.

完全沒有啊！

### 深入分析

若要強調「無」或「沒有」的情境，則可以加強語氣說 "Nothing at all." 其中 "at all" 是指「完完全全地」的意思。

**A** You look upset. What happened to you?
你看起來很沮喪喔！發生什麼事了？

**B** Nothing at all.
沒什麼事啊！

**A** Anything?
有什麼發現嗎？

**B** Nope! Nothing at all.
沒耶！完全沒事啊！

MP3 067

# Quiet.

安靜點！

### 深入分析

若是嫌有人太吵鬧，就可以請對方 "Quiet." 也就是「安靜」的意思。這句話的語氣通常會顯得有一點不耐煩。

**A** Quiet.

安靜點！

**B** OK, Mrs. Smith.

好的，史密斯太太！

深入分析

若是要想禮貌一點的態度，則可以說 "Quiet, please."

**A** Check this out!

你看！

**B** Give it back to me.

還我！

**C** Quiet, please.

請安靜點！

**A** Oh, sorry!

喔，抱歉！

# Be quiet.

安靜！

深入分析

你也可以用強制性的祈使句要求對方安靜一點，通常會說 "Be quiet."

**A** Be quiet.

安靜點！

**B** What? What did you hear?

什麼？你聽見什麼了？

深入分析
在提出要求不要吵鬧、安靜點時，你也可以直接指明
要求的對象。

**A** Give it back to me.

還我！

**B** No! It's mine.

不要！這是我的！

**C** Be quiet, you guys.

兩位，安靜點！

**A** Hey, you! Be quiet.

嘿，就是你！安靜點。

**B** Oh, sorry.

喔！抱歉！

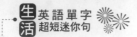 

# 068

# Shut up!

閉嘴！

---

### 深入分析

另一種更挑釁、嚴屬的要求不要吵鬧的用語則是
"Shut up!" 表示「閉嘴」的意思，也就是將嘴巴關
起來 (shut up) 的意思。

**A** Mom! David took my toys.

媽咪！大衛拿我的玩具！

**B** I didn't.

我沒有！

**C** Shut up!

閉嘴！

---

**A** Shut up!

閉嘴！

**B** What? What did you just say to me?

什麼？你剛剛對我説什麼？

# Cheese!

笑一個！

深入分析

這是一種拍照時常見的用語，中文常說「笑一個！」英文則是說 "Cheese!"，字面意思是「起司」，因為說這句話時是呈「微笑」的嘴形，所以拍照者會要求被拍照者說在按下快門那一刻唸出 cheese 這個單字。

**A** Would you take a picture for us?

可以幫我們拍照嗎？

**B** Sure.

好！

**A** Thank you.

謝謝！

**B** Cheese!

笑一個！

 069

# Say cheese.

笑一個！

深入分析

你也可以表達得更明確地說 "Say cheese!" 也就是「大家一起發出 cheese 的嘴形」的意思。

**A** Say cheese!

笑一個！

**B** Cheese!

（微笑中！）

---

**A** Say cheese!

笑一個！

**B** Wait! We're not ready.

等一下！我們還沒準備好！

# Now!

就是現在！

深入分析

now 是「現在」的意思，若你是用堅定的語氣說 "Now!" 表示強調時間點是「現在」、「馬上」的 意思，則帶有一點「不要囉唆、馬上去…」的意思。

**A** Get rid of it.

擺脫它！

**B** But I have to...

可是我得要…

**A** Now!

現在就去做！

**A** Shoot him!

開槍射他！

**B** What? No, I can't.

什麼？不行，我不要！

**A** Now!

就是現在！

---

深入分析

除了表示「現在就去做」之外，now的強調語氣也帶有「動作快一點」的意思，例如對方拖拖拉拉不依你的指示行動時，你就可以再次提醒對方 "Now!"

---

**A** Move on. ———————————— MP3 070

去做吧！

**B** Are you sure? Don't you think we have to...

你確定？你不覺得我們應該要…

**A** Now!

就是現在！

## Right now.

就是現在！

深入分析

和 now 相關的片語有 "right now"，表示「就趁現在」、「馬上」的意思，是一個常見的片語。

**A** When shall I begin?

我什麼要開始！

**B** Right now.

就趁現在！

---

**A** Can we just wait until...

我們可以等到…

**B** No. Just right now.

不行！就趁現在！

深入分析

若你要強調「不是現在」，則是 now 的否定用法，通常只要在 now 前面直接加上 not 即可。

**A** Jack, can you do me a favor?

傑克，可以幫我一個忙嗎？

**B** Not now!

現在不行！

**A** Got a minute?

現在有空嗎？

**B** Not now, please.

拜託不要現在！

**A** No problem.

好吧！

---

深入分析

另一個常見的片語是 "just now"，雖然有 now，但
時間點指的可是「剛剛才發生」，而非「現在」
（right now），是比「現在」還提早一些時候發生的
時間點。

**A** When did you come back? ── MP3 071

你什麼時候回來的？

**B** Just now!

剛才才回來的！

---

# Hurry!

快一點！

深入分析

若是你嫌某人的動作實在是太慢，要催促他動作快一
點的話，就可以直接說 "Hurry!"

**A** Move on.
去做吧!

**B** Why me?
為什麼是我?

**A** Hurry!
快一點!

---

**A** You're going to be late for work.
你上班要遲到了!

**B** So what?
那又怎麼樣?

**A** Hurry!
快一點!

MP3 072

# Hurry up!

快一點!

#### 深入分析

"Hurry up!" 也是常見的動詞片語,和 "Hurry!" 的用法是一樣的。

**A** Hurry up!
快一點!

**B** Easy. We've got plenty of time.

不要緊張！我們有的是時間！

---

**A** Hurry up!

快一點！

**B** What time is it now?

現在幾點了？

**A** It's 10:30 now!

現在十點半了！

**B** OH, my God!

喔，我的老天爺啊！

---

# Well, well, well.

你瞧瞧！

深入分析

這裡的 well 並不是副詞「很好」的意思，而是表示「提醒注意」的意思，例如你希望某人注意某一件正在發生的事時，你就可以說 "Well, well, well." 類似中文的「你瞧瞧！」

**A** Well, well, well.

你瞧瞧！

**B** What? What's going on?

什麼？發生什麼事了？

---

**A** Well, well, well.

你瞧瞧！

**B** Say no more, please.

拜託不要再說了！

---

**A** Well, well, well.

你瞧瞧！

**B** Don't look at me like that.

不要這樣看我！

---

> **深入分析**
> well也可以具有「用以繼續原來的話題」的作用，類似中文的「喔」、「唔」、「呃」的作用，帶有一點欲言又止的意味。

**A** Well... ——————— MP3 073

呃…

**B** What? What do you think of it?

什麼？你覺得怎麼樣？

**A** Nothing!

沒事啊！

**A** What do you say?

你覺得呢？

**B** Well... I wouldn't know...

呃…我不知道耶…

**A** Come on, say something.

不要這樣嘛！給點意見吧！

### 深入分析

well可以是一種驚嘆用語，表示「驚異」、「懷疑」的意思，例如發生某件令人訝異的事，中文會發出類似「喲」、「啊」、「哎呀」的驚嘆，此時就可以說 "Well, ..." 。

**A** Well, I didn't think to see you here!

哎呀，沒想到會在這兒見到你！

**B** Yeah. I just came back last week.

是啊！我上週才剛回來。

### 深入分析

well也可以表示「同意」或「讓步」的意思，類似中文有點無奈地說「好吧！」的意味。

**A** I was saying the truth. Really!

我說的是實話。真的啦！

**B** Well, perhaps it's true.

嗯，也許那是真的。

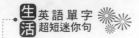

 生活 英語單字 超短迷你句

 MP3 074

## Wait.

等一下！

### 深入分析

wait 雖是「等待」的意思，但在這裡卻帶有一點「當發現事有蹊蹺時，『停下目前手邊的事』」的意味。

**A** Wait.

等一下！

**B** What? What did you see?

什麼？你看見什麼了？

**A** Did you see that? There's a small piece of paper.

你有看見那個嗎？有一張小紙片。

**B** What's wrong with that?

那個有什麼問題嗎？

---

**A** Are you OK?

你還好吧？

**B** Wait.

等一下！

**A** What's going on?

發生什麼事了？

# Wait a moment.

等一下！

深入分析

wait 是「等待」的意思，例如你希望對方「稍候片刻」，但若只是說 "Wait." 未免顯得有點不夠禮貌，所以你可以說 "Wait a moment." 或 "Wait a second" 若要更注重禮節，則可以在句尾加 "please"。

**A** Can I have a receipt?

可以給我一張收據嗎？

**B** Wait a moment.

稍等！

**A** Sure.

好的！

**A** May I see the menu?

請給我看菜單。

**B** Wait a second, please.

請稍等！

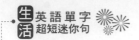

# Wait for me.

等等我!

### 深入分析

若是要說明等待某人,則可以在wait的後面加上 "for + someone" ,例如 "Wait for me." (等等我)

**A** Wait for me.

等我一下!

**B** Hurry up. It's too late now.

快一點!現在太晚了!

---

**A** Why don't you wait for your sister?

你怎麼不等等你妹妹?

**B** Why shall I?

我為什麼要這麼做?

# Really?

真的嗎?

### 深入分析

當你聽見某個消息卻又不確定真實性時,就可以用 "Really?" 的疑問語氣,來表達你的懷疑,並希望對方告訴你真相!

**A** Did you hear that David was in the hospital?

你有聽説大衛住院了嗎？

**B** Really?

真的嗎？

**A** Yeap!

是真的！

---

**A** I'm planning to go to college.

我打算要念大學。

**B** Really?

真的嗎？

---

**A** What did he do there? ———— MP3 076

他在那裡做什麼？

**B** He was an English teacher.

他是一位英文老師。

**A** Really?

真的嗎？

---

**A** I'm hoping to go to Europe.

我希望能去歐洲。

**B** Oh, really?

喔，真的嗎？

深入分析

若你是用肯定的語氣說 "Really!"，則表示你確定事件的真實性，若是在某句話之後再說 "Really!" 則有加強語氣的「強調」意味。

**A** You'll like it. Really!

你會喜歡的，真的！

**B** We'll see.

再說吧！

# Maybe.

有可能！

深入分析

當你不確定事情的真相，又一定得回答時，就可以是說 "Maybe." 表示「有可能」，但通常是指是事實的機率挺高的情境之下使用。

**A** Is there any possibility he's gone?

有沒有可能他已經走了？

**B** Maybe.

有可能！

**A** Maybe you didn't see his face?

也許你沒看見他的臉？

**B** Maybe.

有可能！

深入分析

當你回答 "Maybe." 後，又沒有十足的把握可以確定時，可以在後面補上一句 "I'm not so sure." 表示「我自己也不是很確定」的意思。

**A** Check this out. Is this your stuff?

你看！這是你的東西嗎？

**A** Maybe. I'm not so sure.

有可能！我不是很確定！

深入分析

maybe 也可以適用在欲言又止的語氣，以表達你的不確定性判斷。

**A** Did you close the door? —— MP3 077

你有關門嗎？

**B** Maybe...

有可能…

**A** Then what happened?

那麼發生什麼事了？

**B** I know nothing at all.

我完全不知道！

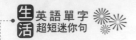
# Maybe not.

可能沒有！

---

**深入分析**

若是「可能不…」這種否定式的猜測，則可以在may-be 後面加上 "not" 來表示。

**A** Would you come home by ten?

你十點鐘前會回家嗎？

**B** Maybe not.

可能不會！

---

**A** Is it possible that she just walked away?

有沒有可能她就這樣離開了？

**B** Maybe not.

可能沒有！

**A** Are you sure?

你確定嗎？

# Maybe, maybe not.
都有可能！

深入分析
若是「可能」與「不可能」各佔一半的機率時，就可以說 "Maybe, maybe not." 表示「兩種可能都存在，但現在無法做出判斷」的意思。

**A** You would recognize his handwriting, right?

你會認得他的筆跡，對嗎？

**B** Maybe, maybe not.

可能會，也可能不會！

---

**A** Maybe, maybe not! ——————— 📣 078

都有可能！

**B** I don't understand.

我不瞭解！

# Could be.
有可能！

深入分析
另一個和 maybe 很類似的說法則是 "Could be." 也是表示「有可能」的意味。

**A** Did you do it?

是你做的嗎？

**B** Could be.

有可能！

**A** What do you mean could be?

你說「有可能」是什麼意思？

---

**A** Don't you think it's too risky?

你不覺得太危險嗎？

**B** Could be.

有可能！

# Wow!

哇！

#### 深入分析
wow是一種感嘆詞，表示「驚訝」、「愉快」、「痛苦」等的叫聲，類似中文「哇」、「噢」的表示。

**A** Here you are.

給你！

**B** Wow!

哇！

**A** Wow!

哇！

**B** How do you like it?

喜歡嗎？

**A** Are you kidding? This is great.

你開玩笑嗎？這太棒了！

---

**A** Check this out!

你看！

**B** Wow! ———————————— MP3 079

哇！

**A** Well? What do you think of it?

怎麼樣？你覺得怎麼樣？

**B** It's terrific.

太棒了！

---

深入分析

若你的讚嘆是一種正面的情緒，則你可以直接說出你
的感受！

**A** Wow! This is great.

哇！好棒啊！

**B** Yeah, I made it for you.

是啊！我為你而做的。

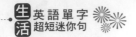

# Seriously.

真的！

深入分析

serious是形容詞「嚴肅的」，seriously則是副詞「嚴肅地」、「當真地」，表示不是開玩笑的意思，通常適用在你要表明自己是嚴肅看待此事的立場。

**A** Do you mean it?

你是認真的嗎？

**B** Seriously.

是真的！

深入分析

若用疑問的語氣來說seriously，則表示你質疑對此人或此事到底真實性多高？或是否是開玩笑的？

**A** Seriously?

真的嗎？

**B** Of course. Why?

當然啊！幹嘛這麼問？

# I'm serious.

我是說真的！

深入分析

若要表明自己的立場的確是「認真的」、「並非開玩笑的」，則可以用 "I'm serious." 來表明自己的態度或想法。

**A** Are you kidding me?

你開玩笑的吧？

**B** No. I'm serious.

不是！我是認真的！

# But...

可是…

深入分析

若你需要反駁，但一時之間又找不到理由時，就可以先說 "But..." 來爭取時間，甚至藉此暗示對方你所採取的不認同立場

**A** Just do what I said.

照我說的去做！

**B** But...

可是…

**A** Right now.

現在就做！

---

**A** But...

可是…

**B** Say no more.

不要再說了！

---

**A** But...

可是…

**B** No but! Move on now.

不要但是！現在就做！

深入分析

若你有反駁的意見要表達，則不必欲言又止地只能說
"But..."，直接說出你的真心話可能會好一些。

**A** Did you put away your toys? —— MP3 081

你有收好玩具嗎？

**B** No, I didn't.

沒有！

**A** But you promised to do it, didn't you?

可是你有答應要收好的，對嗎？

# Like...?
像是什麼？

**深入分析**

當你對對方的言論不甚了解，又希望對方能舉例說明時，就可以用疑問語氣說 "Like...?"，like 除了是「喜歡」之外，也表示「相似」的解釋，所以 "Like...?" 是指「像是…」的意思，有點欲言又止的意味。

**A** It tasted like something strange.

　　嚐起來很像是一種怪東西！

**B** Like...?

　　像是什麼？

**A** I don't know. I can't tell.

　　我不知道！我說不上來！

 082

# Like what?
例如什麼？

**深入分析**

比起 "Like...?" 有點欲言又止的意味。另一種類似的說法則是 "Like what?" 是更明確地詢問「像是什麼東西」的問句。

**A** What would you like to have?

你想喝什麼？

**B** Like what?

像是什麼？

**A** Like a cup of tea?

要不要喝杯茶？

## Such as?

例如什麼？

### 深入分析

若是「舉例說明」的情境，則有另一種常見的用語：
"Such as?"（例如什麼東西？），such as 是舉例的
意思，用疑問句語氣則表示要求舉例的動機。

**A** You'd share it with your friends. Right?

你會和朋友分享，對嗎？

**B** Such as?

例如什麼東西？

**A** Maybe some food or water.

也許是食物或是水。

**A** I'd add something on it.

我會加些東西在上面。

**B** Such as?

例如什麼東西？

**A** Such as some salt.

例如一些鹽！

## For example?

例如什麼？

深入分析

第三種和舉例相關的用語則是 "For example?" 也是非常常見的一種舉例用語，只要聽到上述三種的舉例詢問，對方都會知道要提供更明確的例子來說明。

**A** Maybe we can get something to eat.

也許我們可以去找些東西吃。

**B** For example?

例如什麼東西？

**A** I wouldn't do it this way. I'll try another way.

我不會這麼做！我會試試其他方法。

**B** For example?

例如什麼方法？

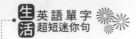

# 083

# Anyway...
### 總之啊…

深入分析

當你要下結論或將話題作個結束時，就非常適合用 anyway 做提示語，表示「無論如何」、「不管怎樣」、「總之」，是一種非常口語化的用法。

**A** Anyway...

總之啊…

**B** What? What are you trying to say?

什麼？你想說什麼？

---

**A** How do you feel, David?

大衛，你覺得怎麼樣？

**B** Anyway...

總之啊…

**A** Well?

怎麼樣？

**B** Nothing. Let's change the subject.

沒事！我們換個話題吧！

---

**A** Come on! What are friends for?

拜託！朋友就是要互相幫忙啊！

**B** Anyway, thank you.

總之還是要謝謝你！

深入分析

anyway 也可以放在句尾當成結論，表示無奈或是「事實已是如此又如何！」的意味。

**A** That wasn't my fault, anyway.

反正那不是我的過錯。

**B** I understand.

我瞭解！

**A** No, you don't.

不，你一點都不瞭解！

深入分析

anyway 也可以當成思考或欲言又止情境下的語言，讓你有多一點的時間可以思考接下來所要說的話。

**A** Hey, did I do something wrong?

嘿，我有做錯事嗎？

**B** Anyway... Forget it.

總之啊…算了！

**A** Anyway... I don't wanna talk to him anymore. ─────────── 🎧 084

總之啊…我不想再和他說話了！

**A** Come on, buddy, don't take it so hard.

兄弟，不要這樣嘛！不要這麼認真看待啊！

# Honey.

### 親愛的！

深入分析

要稱呼人的方式有許多種，若是屬於親密伙伴（例如伴侶）、至親（例如子女）等，都可以使用honey這個稱謂來稱呼，適用各年齡層及男女對象。

**A** Honey.

親愛的！

**B** Yeah?

什麼事？

**A** Can you do me a favor?

你可以幫我一個忙嗎？

**B** Sure. What's up?

好啊！什麼事？

深入分析

若是用疑問語氣來稱呼，則是在尋人呼喊、有疑問的情境下使用。

**A** Honey?

親愛的？

**B** He's gone. Why don't you face it?

他已經不在了！你何不面對這個事實？

**A** I just can't.

我辦不到啊！

深入分析

若是想要確定對方的位置或是否在這個區域，就可以在稱謂之後直接繼續問 "Where are you?"（你在哪裡？）

**A** Honey, where are you? ——— MP3 085

親愛的，你在哪裡？

**B** Over here!

我在這裡！

## Sweet heart.

甜心！

深入分析

另外一個和 honey 很類似的稱謂是 sweet heart，表示「甜心」的意思，有的時候也直接稱呼 "sweetie" 即可。

**A** Sweet heart.

甜心！

**B** I'm not your sweet heart.

我不是你的甜心!

**A** Oh, come on. Don't be like a stranger.

喔,不要這樣嘛!不要好像陌生人啊!

---

**A** Sweetie!

甜心!

**B** Coming.

我來囉!

---

 086

## Baby.

### 寶貝!

#### 深入分析

一般人都知道 baby 是指「嬰孩」的意思,但也有中文「寶貝」的解釋,和上述 honey 的用法一樣,但偶爾你看見街道上有可愛的嬰孩或幼童,雖不認識,也可以用 baby 稱呼對方。

**A** Baby.

寶貝!

**B** Excuse me?

你叫我什麼?

**A** Baby?

寶貝？

**B** Yeah?

什麼事？

**A** Are you listening me?

你有在聽我說話嗎？

---

**A** Oh, baby!

喔，寶貝！

**B** What? What's going on here?

怎麼啦？這裡發生什麼事？

---

# My baby!

我的寶貝！

深入分析

若是對自己的至親子女，偶爾也可以用 "my baby" 來稱呼，藉由 my 來強調是自己的骨肉。

**A** Did you see my son?

你有看見我兒子嗎？

**B** No, I didn't.

沒有，我沒看見！

**C** Mom, I'm here.
媽咪。我在這裡！

**A** Oh, my baby.
喔，我的寶貝！

---

**A** My baby!
我的寶貝！

**B** I'm so sorry, mom. I promise I won't do it again.
抱歉，媽咪！我答應我不會再這麼做了！

# Buddy.

兄弟！

#### 深入分析

若是一般男性朋友之間的稱呼，中文常說的「兄弟」、「伙伴」、「老兄」等，都可以用英文的 buddy 表示，不論是熟朋友或完全不認識的對象，也都適用 buddy 來呼喚。

**A** Buddy.
兄弟！

**B** David! Good to see you!
大衛！真高興見到你！

**A** Me, too. Let me buy you a drink.

我也是。我請你喝一杯吧！

---

**A** Hey, buddy.

嘿，伙伴！

**B** What's up?

有什麼事？

---

**A** Hey, buddy, check this out.

嘿，伙伴！你看這個！

**B** Oh, this is cool. Where did you get it?

喔，很酷喔！你在哪裡拿到的？

---

**A** IIey, buddy, watch out.

嘿，伙伴！小心點！

**B** Oh, my God. What's that thing?

喔，我的天啊！那是什麼東西？

---

**A** How are you doing, buddy?

兄弟，你好嗎？

**B** Great. And you?

很好啊！你呢？

**A** So-so.

馬馬虎虎啦！

另一種和大眾打招呼的呼喚用語是 guys，適用在面對一大群人，對象多半以男性為主，但若是群體中有男有女，也可以稱呼大家為 guys。

**A** Hey, guys.

嘿，你們大家好！

**B** Young lady! Are you alone?

年輕小姐！妳自己一個人嗎？

**C** Let me buy you a drink.

我請妳喝一杯。

 088

# Man.

老兄！

和上述的 buddy 很類似的用語是 man，原意為「男人」，但偶爾也適用在稱呼男性時的隨意用法，正式場合不適用，是比較低階層或年輕人間使用。多半使用在稱呼一位男性時的情境，若是多人的稱呼，則還是使用 guys 比較適合。

**A** Hi, man.

嗨，老兄！

**B** What are you doing here?

你在這裡做什麼？

**A** Nothing.

沒事啊！

**B** Don't you worry about your girlfriend?

你不擔心你的女朋友！

**A** No. not at all.

一點都不會啊！

---

**A** Hey, man.

嘿，老兄！

**B** Hello, David. What's up?

哈囉，大衛。有什麼事啊？

---

**A** Cool, man.

老兄，酷喔！

**B** Yeah, this is awesome.

是啊！棒透了！

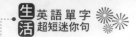

# Young man.

年輕人！

**深入分析**

若是稱呼對象為年紀很輕的男性（30 歲以下），則可以稱呼對方為 young man，也就是中文「年輕人」的意思，也是單數用法，適合非正式場合使用。

**A** Young man.

年輕人！

**B** What can I do for you, sir?

先生，有什麼需要我幫忙的嗎？

**A** Please show me that hat!

請給我看一下那頂帽子！

**B** Sure. Here you are.

好的，給您！

**A** How are you, young man?

年輕人，你好嗎？

**B** Good, I guess.

我算是不錯吧！

**A** Sucks!

爛透了！

**B** Young man, don't ever say that again.

年輕人！不要再這麼說了！

**A** Fine.

好！

---

# Old man.

老頭子！

---

深入分析

若是稱呼對象為中老年人，則可以使用 young 的反義詞 old，只要稱呼 old man 即可，有點類似中文所說的「老頭子」，但要注意的是，old man 往往有挑釁、看輕對方的意味，使用時要特別注意，同樣是適合非正式場合使用。

---

**A** Old man.

老傢伙！

**B** Old man? Me?

老傢伙？你在叫我嗎？

**A** Yeah, you.

是啊，就是你！

# Young lady.

漂亮小姐！

深入分析

若稱呼對象為年輕女性，中文通常會說「小姐」，英文則可以說 young lady，或是說 young girl，但前者比較有尊重的意味，

**A** Young lady, you know what?

年輕女孩，妳知道嗎？

**B** I'm listening.

説吧，我正在聽！

**A** Young girl.

年輕女孩！

**B** Are you calling me?

你在叫我嗎？

**A** That's right. You must be Mr. Smith's daughter.

沒錯！妳一定是史密斯先生的女兒吧！

**B** Yes, I am. How do you know?

是的，我就是！你怎麼會知道的？

# Sir.

先生！

---

深入分析

若是在比較正式的場合，又不認識對方的情況下，中文會說「先生」，英文則是使用 sir。不論是面對老師、長官、警察…等都適用。sir 通常帶有下對上的尊稱意味。

---

**A** Sir.

先生！

**B** Yes?

有事嗎？

**A** May I see your passport?

請給我看你的護照。

**B** Sure. Here you are.

好的！在這裡！

---

**A** Sir? ——————————— 🎧 091

先生？

**B** Yes?

有事嗎？

**A** Is this your car?

這是你的車嗎？

**A** No, it's not.
不是，不是(我的)！

**A** Excuse me, sir?
先生，不好意思！

**B** Yeah?
有事嗎？

**A** Is this your wallet?
這是你的皮夾嗎？

**B** Yes! It's mine. Where did you find it?
是的，是我的。你在哪裡撿到的？

**A** Sir, this way, please.
先生，這邊請！

**B** Thank you so much.
非常感謝你！

**A** May I help you, sir?
先生，需要我幫忙嗎？

**B** Yes. Please give me a new fork.
要！請給我一支新的叉子。

**A** Of course, I'll be right back with you.
好的，我馬上回來！

# Madam.

女士！

### 深入分析

若是在正式場合要稱呼你不認識的年長女性，不論已婚或未婚，中文也是說「小姐」，英文則統稱 madam，和 sir 一樣具有尊稱的意思。

**A** Madam.

女士！

**B** Yes?

有事嗎？

**A** Madam?

女士？

**B** Me?

叫我嗎？

**A** That's right. May I see your driver's license?

是的！請給我看你的駕照。

**B** My driver's license? Sure. Let's see... here you are.

我的駕照？好！我找找…在這裡！

**A** Madam? ——————————————— (MP3) 092

女士？

**B** Yes?

有事嗎？

**A** May I have your phone number?

可以給我你的電話號碼嗎？

**B** Sure, why not?

好啊，有何不可！

---

**A** Madam, please move on.

女士，請往前！

**B** Oh, sorry.

喔，抱歉！

**A** It's OK.

沒關係！

---

**A** Madam, please come on.

女士，請進！

**B** Please. Just call me Tracy.

拜託，叫我崔西就好！

**A** OK. Tracy. Take a seat.

好吧！崔西！坐吧！

# Gentlemen.

各位先生！

### 深入分析

另一種正式場合常見稱呼男性的用法是 gentlemen，是適用於二人以上的複數男性，有尊稱對方的意味，不論認不認識對方均適用。若是尊稱一位男性，則多半用 sir，反而比較少用單數的 gentleman。

**A** Gentlemen.

各位先生！

**B** Yes?

有事嗎？

**A** I'm afraid you'll have to wait another 10 minutes.

各位恐怕要再等十分鐘。

**B** Why? What's going on?

為什麼？發生什麼事了？

**A** Is this way to the shopping mall?

這是去購物商場的路嗎？ —————— MP3 093

**B** Sorry, I don't really know.

抱歉，我不太知道耶！

**C** Gentlemen, please follow me.

各位先生，請跟我來！

**A** Sure. Thank you.

好！謝謝！

---

深入分析

常見的公眾聚集的公開場合中，若需要一群男性仔細聽你說，則會先尊稱所有人 "Gentlemen!"

---

**A** Gentlemen, may I have your attention?

各位先生，聽我說！

**B** OK.

好！

---

# Ladies.

### 各位女士！

---

深入分析

和上述的 gentlemen 是用法相同的反義詞，ladies 多半適用對象是女性，不論是已婚、未婚、年紀輕或年長者均適用，一樣有尊稱意味。

---

**A** It's your fault.

是你的錯。

**B** No. It wasn't me.

不，不是我！

**C** Ladies, please be quiet.

　各位女士！請安靜！

**A** Ladies?

　各位女士！

**B** Yes?

　有事嗎？

MP3 094

# Ladies and gentlemen.
### 各位先生、各位小姐！

深入分析

若是群體中有男性也有女性，中文會說「各位先生、各位小姐」，英文則是說 "Ladies and gentlemen!" 記住要用複數形式，且 ladies 要在 gentlemen 之前。

**A** Ladies and gentlemen! Listen to me.

　各位先生、各位女士！聽我説！

**B** Say no more.

　不要再説了！

**C** Who's in charge here?

　誰是這裡的主管？

在公開場合中，若要吸引大眾的注意，又不需特別提及對象時，就可以直接喊 "Attention, please." 表示「大家請聽我說！」或是 "May I have your attention, please?"

**A** Attention, please.

請聽我說！

**B** Go ahead.

說吧！

# Doctor.

醫生！

若你要稱呼的對象的職業是「醫師」或是「博士」，則可以直接稱呼他 "Doctor!" 不論男女都適用。

**A** Doctor.

醫生！

**B** Yes, Mrs. Smith?

史密斯太太，有事嗎？

**A** I need your help.

我需要你的幫助。

**B** Go ahead.
說吧！

---

**A** Doctor?
醫生？

**B** We're terribly sorry for what happened.
我們很抱歉所發生的事。

**A** NO!
不！

---

深入分析

若是你所認識的醫師，最好冠上醫師的姓氏以表示尊重，通常是 "Doctor+姓氏" 的句型用法。

---

**A** Doctor Jones! ————————— 🅜🅟🅖 095
瓊斯醫生！

**B** Hi, Mr. and Mrs. Smith.
嗨，瓊斯先生、瓊斯太太。

**A** Did you receive our letters?
你有收到我們的信嗎？

**B** Letters? What letters?
信？什麼信？

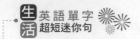
## Professor.

教授！

深入分析

另一個常見的職業尊稱是Professor，使用方式和Doctor一樣。

**A** Professor.

教授！

**B** Yes?

有什麼事嗎？

---

**A** Professor White?

懷特教授嗎？

**B** How do you know it was me?

你怎麼知道是我？

**A** It's a small town.

這是個小鎮啊！

**B** I see.

我瞭解了！

# Me?

是我嗎？

深入分析

國人常常分不清 me 和 I 的用法，I 是一個句子的主詞，中文翻譯通常是「我…」，而 me 則是受詞，中文解讀通常是「是我嗎？」「我嗎？」的情境。

**A** Can't you do it yourself?

你不能靠自己去做嗎？

**B** Me?

我嗎？

**A** What do you do for a living?

你是以什麼維生的？

**B** Me?

是我嗎？

**A** Oh, yes.

對，就是你！

**A** Hey, gorgeous!

嗨，小美人！

**B** Me? Hi.

是我嗎？嗨！

**A** I'm not talking to you.
我不是和你説話！

**B** Oh, sorry.
喔，抱歉！

---

深入分析

若對象是「你」，則英文不論是主詞或受詞，皆是用 you 表示。

---

**A** Hey, you!
嘿，就是你！

**B** Who? Me?
誰？是叫我嗎？

 097

## Stop.

住手！

---

深入分析

當想要阻止眾人繼續爭吵或打架的行為，都可以用 stop 這個字眼，表示「住手」或「停止目前這一切」的意思。

---

**A** Stop.
住手！

**B** Who do you think you are?

你以為自己是誰啊？

---

**A** Stop.

住手！

**B** Excuse me?

你說什麼？

---

**A** Stop.

住手！

**B** None of your business.

不關你的事！

---

> 深入分析
>
> 若是要嚇阻一群人，則可以指明要大家都住手：
> "You guys, stop." 表示「你們大家都住手」的意思。

**A** Give it to me.

給我！

**B** No way.

不要！

**C** You guys, stop.

你們大家都住手！

---

> 深入分析
>
> 另一個嚇阻的常見用法是 "Stop it." 其中的 it 則是特
> 指「目前正在進行的這一切」的意思。

**A** Give me your money.

給我你的錢！

**B** Stop it.

住手！

---

深入分析

同樣是 stop 的單字，但是後面若是加動名詞的句型
"stop ＋動詞 ing"，則表示「停止目前正在做的
事」，強調所作的行為。

---

**A** Stop looking at me. ———— 🎧 098

不要看我了！

**B** Hey, calm down.

嘿，冷靜點！

- - - - - - - - - - - - - - - - - - - - - -

**A** Stop laughing at me.

不要嘲笑我了！

**B** I am not.

我沒有啊！

- - - - - - - - - - - - - - - - - - - - - -

**A** Stop doing it.

不要這麼做！

**B** Why not?

為什麼不要？

- - - - - - - - - - - - - - - - - - - - - -

**A** Stop following her.

不要去跟蹤她！

**B** Who? Me?

誰有？我嗎？

# Enough.

## 夠了！

若是對方的言行太超過（too much），則你可以要求對方停止目前的言論或行為，除了stop之外，你也可以說 "Enough." 表示「我受夠了這一切了」！

**A** David bit me.

大衛咬我。

**B** But he took my toys first.

但是是他先拿我的玩具！

**C** Enough!

夠了！

---

**A** You'd better take a vacation.

你最好是休假。

**B** Enough! I am fine.

夠了！我很好！

深入分析

若是對方喋喋不休,簡直是疲勞轟炸,你除了抱怨 "Enough!" 之外,還可以順帶警告對方: "Say no more." (不要再說了!)表示「我不想再聽了」的意思。

**A** Listen to me. ————— 📻 099

聽我說!

**B** Enough! Say no more.

夠了!不要再說了!

---

**A** Honey, I'm really sorry...

親愛的,我真的很抱歉…

**B** It's enough. I don't wanna see you again.

夠了,我不想再見到你了。

## Close enough.

很接近了!

深入分析

常用語句 close enough 可和「足夠」沒關係,而是指「非常接近」的意思,close 是形容詞「接近的」。

**A** Is it on the table?

是在桌上嗎?

**B** Close enough.

很接近囉！

**A** On the floor?

在地板上？

**B** Bingo.

答對了！

 100

## Easy.

放輕鬆！

深入分析

若對方處於緊張、不安的狀況，你的首要工作就是先安撫對方，此時可以用溫柔、穩定的語氣告訴對方 "Easy." 表示「放輕鬆」、「不要緊張」的意思。

**A** I can't believe what he did to me.

我真是不敢相信他對我所做的事！

**B** Easy.

放輕鬆！

**A** Oh, my God. What happened?

喔，我的天啊！發生什麼事了？

**B** Easy.

放輕鬆！

**A** Easy.

不要緊張！

**B** I just found it in the basement.

我剛剛在地下室找到的！

---

**A** What's that?

那是什麼

**B** Easy, easy.

慢慢來，不要緊張！

---

深入分析

當你面臨到對方不舒服的對待時，也可以告訴對方 "Easy." 表示「輕一點」或是「對我溫柔一點」的意思。

---

**A** Easy. It hurts.

輕點！很痛！

**B** Good for you if it hurts.

如果會痛就是好的！

# Take it easy.

放輕鬆。

深入分析

另一個常見「不要緊張」的常用片語是 "take it easy"，字面意思是「拿它簡單」，其實也是安撫對方不要緊張的慣用語。

**A** Take it easy, man.

兄弟，不要緊張！

**B** I just can't.

我就是辦不到！

# Relax.

放輕鬆！

深入分析

前文提過的 easy 主要適用在「不要緊張」的情境，而 relax 則是以「放輕鬆」為主，不論是心理或身體的「放輕鬆」都適用。

**A** Don't you dare bring him back?

你敢不帶他回來？

**B** Relax.

放輕鬆！

**A** Do something.

想想辦法啊！

**B** Relax.

放輕鬆！

## Just relax.

放輕鬆！

深入分析

和 relax 的意思一樣，但更口語化的說法是 "Just relax." 表示「你現在要做的，就只有先放輕鬆」的意思。

**A** Where is she? Did you see my baby?

她在哪裡？你有看見我的孩子嗎？

**B** Just relax.

放輕鬆！

- - - - - - - - - - - - - - - - - - - - - - - - -

**A** You should eat something.

你應該吃點東西。

**B** Just relax. I am fine.

放輕鬆！我很好！

深入分析

在勸對方 relax 的同時，也可以順便請對方深呼吸一口氣，讓心理平靜下來，英文就叫做 "take a deep breath"。

**A** Relax. Take a deep breath.

放輕鬆！深呼吸！

**B** OK!

好！

# Down.

## 趴下！

深入分析

當有槍戰發生時，可要警告周邊所有人趴下，免得被流彈波及，「趴下」的英文就叫做 down.

**A** Down.

趴下！

**B** What? What's happening?

什麼？發生什麼事？

**A** Down.

趴下！

**B** OK, OK. Don't shoot.
好！不要開槍！

---

**A** Give me the money!
給我錢！

**B** No!
不要！

**C** Police. Freeze. Down.
我是警察！不要動！趴下！

📢 103

# Get down!

趴下！

深入分析

另一個常用的片語是 "get down"，也表示「趴下」的意思，可不是「拿下去」喔，千萬別混淆！

**A** Get down!
放下！

**B** Easy, easy.
不要這麼緊張！

# Up!
## 起來！

### 深入分析

down 的反義是 up，所以要對方起來時，就可以簡單地說 Up!

**A** Up!
起來！

**B** Hey, leave me alone.
嘿，不要管我！

**A** Up!
起來！

**B** Yes, sir.
是的，長官！

🎵 104

# Get up!
## 起來！

### 深入分析

Up!的完整用法是 "Get up!" 通常沒有特別指站起來、坐起來或起床，只要身體向上的行為都適用 "Get up!"

**A** Get up!

起來！

**B** What time is it now?

現在幾點了？

**A** It's ten o'clock now.

現在十點鐘了！

---

**A** Time to get up.

該起床了！

**B** It's still early.

現在還早啊！

## Stand up.

站起來！

深入分析

若特指「站起來」，則要和 stand 組合為 "stand up" 的片語。

**A** Stand up.

站起來！

**B** Hey, what's wrong? I did nothing.

嘿，怎麼啦？我什麼事都沒做啊！

**A** Let me see your hands.

雙手放在我看得見的地方！

## stay up

熬夜

深入分析

另一個和 stand up 很類似的片語是 "stay up"，字面意思是「醒著不睡」，也就是「熬夜」的意思。

**A** You shouldn't stay up anymore.

你不應該再熬夜了！

**B** But I have to.

但是我得要這麼做啊！

 105

## Move!

動作快點！

深入分析

若是你嫌對方動作太慢，除了 "hurry up" 之外，你也可以說 "Move!" 通常是以上對下的催促語。

**A** Move.

動作快點！

**B** But I'm not ready.

可是我還沒準備好！

**A** Now!

就是現在！

**B** OK, OK.

好、好！

---

**A** Move, move.

動作快點！

**B** Can't we just take a break? I'm really tired.

我們不能休息一下嗎？我真的很累！

---

**A** What now?

現在怎麼辦？

**A** Just move.

只要動作快點！

---

## Move on.

往前走！

---

深入分析

　　"Move on." 是「往前行走」的意思，也有「往前移動」的意味。

**A** Move on.
往前走!

**B** Yes, sir.
是的,長官!

# Move over.
往旁邊移過去!

深入分析

當有人坐在椅子上,卻佔了大半個位子,你希望對方
能挪出一些空間給你,就可以說 "Move over." 表示
「往旁邊移、挪出空位」的意思。

**A** Move over.
移過去一點!

**B** Oh, sorry.
喔,抱歉!

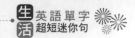
# Coming.

我來囉！

深入分析

當有人呼喚你，而你正準備要前往時，就可以說 "Coming." 例如先生在房間需要你幫忙找襪子、孩子在地下室緊張的呼喚你，長官在辦公司要你馬上進去…等的情境下，你都可以大聲回應 "Coming" 表示「我馬上就過去囉！」。

**A** Sweet heart?

親愛的？

**B** Coming.

我來囉！

**A** Dad, I can't find my bag.

爹地，我找不到的袋子！

**B** Coming.

我來囉！

**A** Hello?

有人在嗎？

**B** Coming.

我來囉！

**A** David! I need your help. ———  107

大衛，我需要你的幫忙！

**B** Coming.

我來囉！

---

深入分析

"Coming." 是省略用法，完整的句子是 "I'm coming." 表示「我正要過來囉！」

---

**A** Anybody home?

有人在家嗎？

**B** I'm coming.

我來囉！

## Again?

### 又發生了？

---

深入分析

當事情不斷重演，甚至一而再、再而三的不斷發生時，這種情境下就可以適用 again 來說明，類似中文「又來了？」、「又發生了？」的疑問。

---

**A** He pushed me.

他推我。

**B** Again?
又發生這事了？

----

**A** What happened to you?
你怎麼了？

**B** It's David.
是大衛啦！

**A** Again?
又發生這事了？

----

**A** Again?
又發生了？

**B** No, it's not.
沒有啦！

108

# Not again.

不會又發生吧！

#### 深入分析

表示否定的語句，但意思和 "Again?" 一樣，也是不
解甚至憤怒為何又發生的意思。

**A** Not again.
不會又發生吧！

**B** Sorry! I didn't mean to.

抱歉，我不是故意的！

---

**A** You see? They failed.

瞧！他們又失敗了！

**B** Not again.

不會又發生吧！

**A** Yeah!

是啊！

# Gee.

天啊！

深入分析

若是訝異地說不出話來的驚嘆語，則可以說 "Gee."
也有「天啊！」的意思。

**A** What's the matter with him?

他怎麼啦？

**B** He's got a very high temperature.

他發高燒了！

**A** Gee.

天啊！

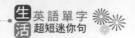

# My God.
### 我的天啊！

深入分析

對於令人驚訝的事情發生時，中文常常會說「我的天啊！」英文就叫做" My God!"

**A** My God.
我的天啊！

**B** Come on, it's nothing.
沒關係，沒事的！

**A** You called this nothing?
這叫做沒事？

 109

# Jesus!
### 天啊！

深入分析

另一個和 "My God!" 很類似的用法則是 "Jesus!" 要注意的是，不可以說成 "My Jesus!"

**A** Jesus! Are you OK?
天啊！你還好嗎？

**B** I'm fine.
我很好！

# Oh, my.

我的天啊！

**深入分析**

若表示驚奇、訝異等，也可以說 "My goodness!" 或
是直接說 "oh, my."

**A** My goodness!

哎呀！

**B** What? What's going on?

什麼？發生什麼事了？

**A** Check this out.

你來看看！

---

**A** You look tired.

你看起來很累耶！

**B** My, oh, my, what a busy day!

喔！天啊！今天真的很忙！

**A** You should take a break.

你應該休息一下！

🎙 110

# Happy?

## 你高興了吧!

### 深入分析

happy 是「快樂的」、「高興的」,若是用疑問語氣問 "Happy?" 則通常不是問對方是否高興,而是有一點諷刺、不認同的意味在,類似中文會說的「這下子你高興了吧!」

**A** Happy?

你高興了吧!

**B** No, I'm not. How could you say that?

沒有!我完全不會!你怎麼可以這麼說!

----

**A** He didn't come back on time.

他沒有準時回來耶!

**B** Happy?

你高興了吧!

# Happy now?

## 現在你高興了吧!

### 深入分析

在 happy 後面加上 now 是特指「目前的狀況」,表示「目前的狀況你高興了吧?」但是說話者本身可能是在很生氣的情緒呢!

**A** Happy now?

現在你高興了吧！

**B** Yeah, why not!

是啊，怎樣！

---

**A** Are you happy now?

現在你高興了吧！

**B** I said I'm sorry. Say no more. OK?

我說過我很抱歉了！不要再說了好嗎？

 111

# Ready.

### 準備好了！

> 深入分析
>
> ready 是指「準備好了」的意思，例如要出門了，同行者問你準備好了沒，若你準備好要出門，就可以說 "Ready."

**A** Are you ready?

準備好了嗎？

**B** Ready.

準備好了！

---

**深入分析**

「我準備好了」的完整說法是 "I'm ready."

**A** I'm ready.

準備好了！

**B** OK, let's go.

好！我們走！

---

**深入分析**

若用疑問語氣問 "Ready?" 則是要確認對方「是不是準備好了？」

**A** Ready?

準備好了嗎？

**B** No, I'm not ready.

還沒，我還沒準備好！

**A** Hurry up. You have 5 minutes.

快一點！你只有五分鐘的時間。

---

**深入分析**

要確認「是不是準備好了？」的完整句子是 "Are you ready?"（你準備好了嗎？）若是問「大家準備好了嗎？」則可以說 "Is everybody ready?"

**A** Are you ready?

你準備好了嗎？

**B** I need another 10 minutes.

再給我十分鐘的時間。

 112

# Exactly.

的確是！

深入分析

回應對方的提問，若答案的「正確的」、「精準
的」，就可以說 "Exactly." 表示「的確如此」的
意思。

**A** Do you mean we can go shopping now?

你的意思是我們現在可以去逛街了嗎？

**B** Exactly.

的確是！

---

**A** What do you think of it? Sucks?

你覺得怎麼樣？糟透了嗎？

**B** Exactly.

沒錯！

---

**A** Maybe we ought to finish it tonight.

也許我們應該今晚就要完成。

**B** Exactly.

沒錯！

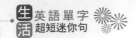

# Not exactly.

不完全是！

---

**深入分析**

若是否定式用法，則只要在 exactly 前面加上 not，組合成 "not exactly"，類似中文「不完全是如此」的意思。

**A** You don't like it, do you?

你不喜歡，對嗎？

**B** Not exactly.

也不完全是！

---

**A** You sent him a message. Right?

你有寄訊息給他，對嗎？

**B** Not exactly.

也不完全是！

---

**深入分析**

若回應是肯定的，除了 exactly 之外，也可以簡單地說 "Yes."

**A** Did you answer David's call?

你有回大衛的電話嗎？

**B** Yes.

有！

# Absolutely.

的確是！

**深入分析**

另一個和 exactly 很類似的用法是 absolutely，表示
「當然是」、「確實是」的意思。

**A** Can I use your phone?

我可以借用你的電話嗎？

**B** Absolutely.

當然好！

---

**A** Did David finish his homework?

大衛有做完功課嗎？

**B** Absolutely.

有啊！

**深入分析**

若要強調「肯定」的回應，則可以在 absolutely 後面
加上 yes 的慣用語，但要注意的是，不可以在 exactly
後面也加上 yes。

**A** Why don't we stop fighting?

我們不要再吵架了！

**B** Absolutely yes.

當然好！

**A** May I see that black sweater?

我可以看看那件毛衣嗎？

**B** Oh, absolutely yes.

喔，的確是！

## Absolutely not.

絕對不行！

深入分析

absolutely 的否定用法也和 exactly 一樣，在後面加上 not 即可。

**A** I wanna go dancing tonight.

我今晚想要去跳舞。

**B** Absolutely not.

絕對不可以！

**A** Please?

拜託啦！

# Here.

我來！

### 深入分析

當你發現對方無法自己完成某事，而你願意主動伸出援手協助時，就可以說 "Here." 表示中文的「我來處理」的意思，可不是「這裡」的意思喔！

**A** Shit.

可惡！

**B** Here.

我來！

**A** Oh, thank you so much.

噢！非常感謝你！

---

**A** Here.

我來！

**B** No, thanks. I can manage it by myself.

謝謝，不用了！我可以自己處理！

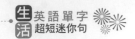
## Allow me.
### 讓我來！

#### 深入分析

另一種提供協助的文雅說法是 "Allow me."（允許我），也就是中文的「讓我來處理」的意思。

**A** Allow me.
讓我來幫你吧！

**B** You're so nice, young man.
年輕人，你真是好心！

---

**A** Can you hold the door for me?
可以幫我扶著門嗎？

**B** Sure. Allow me.
好的！讓我來吧！

## Over here.
### 在這裡！

#### 深入分析

要注意，若是說 "Over here." 則是指「在這裡」的意思，和 "Here."（我來幫你）是不同的！

**A** Hello?

有人在嗎？

**B** Over here.

我人在這裡！

---

**A** Where did you find it?——— 🎵 115

你在哪裡找到的？

**B** Over here.

就在這裡！

## Clear?

清楚了嗎？

深入分析

探詢對方是否瞭解的方式有許多種，最常見的說法是
"Clear?" clear 是表示「清楚的」、「明瞭的」。

**A** How shall I do it?

我應該怎麼做？

**B** Let me show you... Open the box and turn it on...

我示範給你看…打開盒子然後轉開…

**A** Oh, yes.

喔，對啊！

**B** Clear?

清楚了嗎?

**A** I see.

我瞭解了!

---

**A** Clear?

清楚了嗎?

**B** Yes, sir.

瞭解,長官!

---

深入分析
"Clear?" 的完整問句是 "Is that clear?"

**A** Is that clear? ———————— (MP3) 116

瞭解了嗎?

**B** Very clear.

非常清楚!

---

**A** Is that clear?

瞭解了嗎?

**B** Well, I'm not sure.

呃,我不知道耶!

# You?

## 你呢？

**深入分析**

若是你回答對方的問題後，也想要知道對方對於同樣問題的回應，就可以直接說 "You?" 表示「那你的狀況是怎樣呢？」是比較不正式、隨性的用法。

**A** Hey, David, how are you doing?
嘿，大衛，你好嗎？

**B** Great. You?
很好！你呢？

---

**A** I didn't pass the exam. You?
我考試沒過。你呢？

**B** Me? I don't wanna talk about it now.
我？我現在不想談耶！

 117

# And you?

## 那你呢？

**深入分析**

詢問對方同樣問題的答案時，比較常見的用法是 "And you?"

**A** How are you?

你好嗎？

**B** Still the same. And you?

老樣子！那你呢？

## Good morning.

早安！

### 深入分析

當一大早要打招呼時，就可以說 "Good morning." 使用的時間點約是在上午 11 點鐘之前。過了這個時間就比較少會說 "Good morning." 了。

**A** Good morning.

早安！

**B** Good morning, David.

大衛，早安！

## Good afternoon.

午安！

### 深入分析

若是在中午的時間打招呼，則可以說 "Good after-noon." 表示「午安」，使用的時間約是在中午及下午三點鐘之前。

230

**A** Good afternoon.

午安！

**B** Hi, good afternoon.

嗨，午安！

**A** Where are you off to?

你趕著要去哪裡？

**B** I'm going to the shopping mall.

我要去購物商場。

 118

# Good evening.

晚安！

### 深入分析

當晚上要打招呼，則是使用 "Good evening."，使用
的時間點約是在下午五點之後。通常是晚間見面時的
打招呼用語。

**A** Good evening, Mr. Smith.

史密斯先生，晚安！

**B** Come on in.

進來吧！

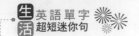

# Good night.

晚安！

### 深入分析

若是晚上就寢前或離去前的道別用語，則可以說 "Good night."

**A** Time to go to bed.
該上床睡覺了！

**B** OK. Good night.
好！晚安！

---

**A** Good night, Mr. Smith.
晚安！史密斯先生。

**B** See you tomorrow.
明天見！

 119

# How are you?

你好嗎？

### 深入分析

當與認識的朋友見面時，可以先問候對方，此時就可以說 "How are you?" 表示「你好嗎？」

**A** How are you?

你好嗎?

**B** Pretty well.

很好!

---

**A** How are you?

你好嗎?

**B** Good. You?

很好!你呢?

## How do you do?

你好嗎?

**深入分析**

另一種常見較正式的打招呼用語則是 "How do you do?"

**A** How do you do?

你好嗎?

**B** Well, not so good.

唉,不太好!

---

**A** Hi, David.

嗨,大衛。

**B** Hi, Mr. Smith, how do you do?

嗨，史密斯先生，你好嗎？

## How are you doing?

你好嗎？

深入分析

還有一種打招呼方式是比較口語、生活化、隨性的用法 "How are you doing?" 通常適用在熟識的朋友之間的用語。

**A** How are you doing?

你好嗎？

**B** I'm doing fine.

我還可以。

## How have you been?

你最近怎樣？

深入分析

若要強調問候對方這陣子過得好嗎？則可以使用完成式句型 "How have you been?" 表示「你最近過得如何？」的意思。但是回答可以不必用完成式的句型。

**A** How have you been?

你最近怎樣？

**B** I'm OK.

我還過得去。

# How is everything?

你好嗎？

深入分析

另外一種問候方式 "How is everything?" 雖然句子中問的是 everything，但其實也是問候對方「過得好嗎？」的意思。

**A** How is everything?

你好嗎？

**B** So far so good.

目前為止都還好。

## Is everything OK?

凡事還好吧？

### 深入分析

"Is everything OK?" 也是一種問候方式，針對事物的關心來表達問候的意思，表示「一切都還好吧？」的意思

**A** Is everything OK?
凡事還好吧？

**B** So-so.
馬馬虎虎！

**A** Is everything OK?
凡事還好吧？

**B** Nothing special.
沒什麼特別的。

 121

## You look great.

你看起來氣色不錯！

### 深入分析

當對方看起來神清氣爽時，可以使用 "somebody ＋ look ＋形容詞" 的句型，例如 "You look great." 表示對方氣色身體等各方面狀態都處於極度好的意思。

**A** You look great.
你看起來氣色不錯！

**B** You too.
你也是啊！

---

**A** You look beautiful.
你看起來很漂亮！

**B** You think so?
你真的這麼認為嗎？

---

**A** You look sexy.
你看起來很性感！

**B** Thank you.
謝謝！

## You look terrible.

你看起來糟透了！

深入分析

反之，若對方氣色等看起來不太好，則可以在 look 後面加上負面的形容詞，例如 terrible（糟糕）、pale（臉色蒼白）等。

**A** You look terrible.
你看起來糟透了！

**B** Yeah, I got a fever.
是啊！我發燒了！

 122

# Something wrong?
有事嗎？

#### 深入分析
若是你覺得對方神色不對，不論是人、事、物等，都可以提出你的疑問："Something wrong?"

**A** Something wrong?
有事嗎？

**B** Listen! Did you hear that?
你聽！你有聽見那個聲音嗎？

**A** What? I heard nothing.
什麼？我什麼都沒聽見啊！

---

**A** Something wrong?
有事嗎？

**B** Nothing special.
沒什麼特別的。

# What's up?

發生什麼事了？

### 深入分析

當對方要求你的協助時，中文會說「有什麼事？」英文就叫做 "What's up?"

**A** Busy now?

現在忙嗎？

**B** What's up?

發生什麼事了？

---

**A** Got a minute?

有空嗎？

**B** Sure. What's up?

有啊！發生什麼事了？

### 深入分析

此外，"What's up?" 也可以單純是打招呼的問句，表示「最近有什麼新鮮事嗎？」

**A** Hey, man, what's up?

喂，老兄，最近有什麼新鮮事？

**B** Nothing special.

沒什麼特別的。

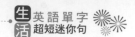
MP3 123

# What happened?

發生什麼事了？

### 深入分析

若你發現有什麼特別的事情發生了，就可以問對方 "What happened?" 通常用過去式型態，表示「剛剛發生什麼事了？」

**A** What happened?

發生什麼事了？

**B** David had a car accident last night.

大衛昨晚發生車禍了！

---

**A** You know what?

你知道嗎？

**B** What? What happened?

什麼？發生什麼事了？

# What happened to you?

你發生什麼事了？

### 深入分析

若是針對某人發生的事件，則可以在句尾加上 "to +受詞" 的說明，例如 "What happened to her?" （她發生什麼事了？）

**A** What happened to you?
你發生什麼事了？

**B** I broke my legs.
我摔斷腿了！

---

**A** What happened to them?
他們怎麼了？

**B** I have no idea. They're gone.
我不知道！他們都不見了！

## What's happening?

現在發生什麼事了？

#### 深入分析
若是當下發生的事件，則使用現在進行式的問句：
"What's happening?"

**A** Oh, my God.
喔，我的天啊！

**B** What's happening?
現在發生什麼事了？

**A** There's a car accident.
發生車禍了！

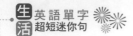生活 英語單字 超短迷你句

 124

# What's wrong?

怎麼啦？

### 深入分析
另一種關心「發生何事」的問句是 "What's wrong?"

**A** What's wrong?

怎麼啦？

**B** Nothing.

沒事！

---

**A** What's wrong?

怎麼啦？

**B** I failed the math exam.

我數學考試考砸了！

# What's the matter?

發生什麼事了？

### 深入分析
另一種和 "What's wrong?" 很類似的用法是 "What's the matter?" 要注意的是，matter 前面要加 the，而前一句的 wrong 則不用加 the，不要搞混喔！

**A** Didn't you see that guy?

你沒看到那傢伙嗎？

**B** What's the matter?

發生什麼事了？

**A** He broke the window.

他打破窗戶了！

## What's the matter with you?

你發生什麼事了？

#### 深入分析

若是要詢問是某人發生了何事，則可以在句尾加上 "with + someone" 的句型，例如 "What's the matter with you?" 這是慣用法，和前述的 "What happened to you?" 加 "to + someone" 不同。

**A** What's the matter with you?

你發生什麼事了？

**B** I didn't pass the exam.

我考試沒有通過。

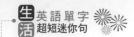

# I'm fine.

## 我很好。

**深入分析**

若對方問候你，你可以簡單而制式化地回應 "I'm fine." 若沒有特別想要向對方說明你的狀況，只想隨口回應時，也可以直接說 "I'm fine." 或是簡單地說 "Fine." 也可以！

**A** How are you?

你好嗎？

**B** I'm fine.

我很好。

- - - - - - - - - - - - - - - - - - - -

**A** How are you doing?

你好嗎？

**B** Fine.

我很好。

- - - - - - - - - - - - - - - - - - - -

**A** How is your wife?

你太太好嗎？

**B** She's fine.

她很好。

2
4
4

# I'm OK.

我還過得去。

**深入分析**

另一種回應「我很好」的用法是 "I'm OK." 表示「還不錯」、「過得去」的意思。

**A** How do you do?

你好嗎?

**B** I'm OK.

我還過得去。

 126

# Nothing special.

沒什麼特別的。

**深入分析**

當對方問候你有沒有什麼新鮮事或值得分享的事時,若實在沒什麼特別可以說明的,就可以說 "Nothing special."

**A** Anything?

有什麼新發現嗎?

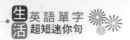
**B** Nothing special.
　沒什麼特別的。

---

**A** How is everything?
　一切都好嗎？

**B** Nothing special.
　沒什麼特別的。

## Nothing serious.
### 不嚴重！

> **深入分析**
>
> nothing 在英文是個特別的單字，他的形容詞是放在後面的位置，所以衍生的句型有 "nothing serious"、
> "nothing good" 等。

**A** How bad is it?
　情況有多糟糕？

**B** Nothing serious.
　沒什麼嚴重的！

# So-so.
馬馬虎虎！

**深入分析**

在問候的情境中，若是情況普通，中文會說「馬馬虎虎」，英文就叫做 "so-so"，表示沒什麼特別值得一提的事。

**A** How is everything?
一切都好嗎？

**B** So-so.
馬馬虎虎！

**A** How is it going?
一切都好嗎？

**B** So-so.
馬馬虎虎！

# Same as usual.
和平常一樣。

**深入分析**

一樣是問候的回覆用語，若是「老樣子」就表示和以前一樣沒有什麼太大的變化，英文就可以說 "Same

as usual." 表示「和你先前所知的狀況一樣」。

**A** How are you?
你好嗎?

**B** Same as usual.
和平常一樣。

**A** Hey, what's up?
嘿,有沒有什麼新鮮事?

**B** Same as usual.
和平常一樣。

🎧 128

# Still the same.

老樣子!

深入分析
另一種「老樣子」的說法是 "Still the same." 其中的 "the same" 就表示「一樣的狀況」。

**A** How are you doing?
你好嗎?

**B** Still the same.
老樣子!

# Glad to meet you.

很高興認識你。

深入分析

當認識新朋友時，可以和對方客氣打招呼 "Glad to meet you." 表示「很高興認識你」，要記住，不可以說 "Glad to know you."

**A** This is my wife Maria.
這是我的太太瑪莉亞。

**B** Glad to meet you.
很高興認識你。

**C** Me, too.
我也是（很高興認識你）。

---

**A** Nice to meet you.
很高興認識你。

**B** Nice to meet you, too.
(我也)很高興認識你。

---

**A** Come see my wife Maria.
來見見我的太太瑪莉亞。

**B** It's nice to meet you.
很高興認識你。

## Nice to see you.

很高興認識你。

深入分析

meet 也可以用 see 替代，除了是「見面」之外，也同樣有「認識」的意思。

**A** John, this is my wife Maria.

約翰，這是我太太瑪莉亞。

**B** Nice to see you.

很高興認識你。

**C** Nice to see you, too.

(我也)很高興認識你。

## Glad to see you.

很高興認識你。

深入分析

此外，nice 是「高興的」、「好的」的意思，所以也可以用 glad 替代，但較少用 happy 替代。

**A** I'm David, Maria's husband.

我是大衛，瑪莉亞的先生。

**B** Glad to see you.

很高興認識你。

# I'm David.

我是大衛。

深入分析

認識新朋友一定要自我介紹，首先就是要先報上自己的大名，所以 "I'm＋名字" 就是非常適合的句型。

**A** What should I call you?

我要怎麼稱呼你？

**B** I'm David.

我是大衛。

---

**A** I'm David.

我是大衛。

**B** Nice to see you.

很高興認識你。

---

**A** What's your name again?

你說你叫什麼名字？

**B** I'm David White.

我是大衛·懷特。

**A** And you are?
那你的大名是？

**B** My name is David.
我的名字是大衛。

🎧 130

## Please call me David.
請叫我大衛。

深入分析
若是不希望對方太正式地稱呼你，而是用你希望的名字來稱呼，則可以用 "call me ＋名字" 來表示。

**A** This way, Mr. Smith.
史密斯先生，這邊請！

**B** Please call me David.
請叫我大衛。

深入分析
另一種一樣意思的「稱呼我⋯」也可以用 "just call me ＋名字" 或是 "please just call me ＋名字"。

**A** And you are?
您是？

**B** Just call me David.
叫我大衛就好。

# Sounds great.

聽起來不錯。

### 深入分析

若是對方提出一個建議，你覺得是「可行的」、「可接受的」或「可以考慮的」，就可以說 "Sounds great." 表示「聽起來不錯。」

**A** Do you want to go out for dinner tonight?

今晚要一起出去吃晚餐嗎？

**B** Sounds great.

聽起來不錯。

---

**A** Would you like to join us?

要加入我們嗎？

**B** Sounds great.

聽起來不錯。

### 深入分析

great 也可以用 good 替代： "Sounds good." 但較少人說 "Sounds fine."

**A** What do you think of my idea?

你覺得我的想法如何？

**B** Sounds good.

聽起來不錯。

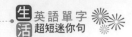
MP3 131

## That's terrific.

不錯啊！

**深入分析**

另一種對提議覺得可行的用法是 "That's terrific." 也有表示讚美、鼓勵的意思。

**A** How do you like it?

你喜歡嗎？

**B** That's terrific.

不錯啊！

## I'd love to.

我願意！

**深入分析**

若對方提出邀請，你很樂意參加，就可以說 "I'd love to." 表示「我願意…」的意思。

**A** Would you like to come to my party?

要不要來參加我的派對？

**B** I'd love to.

我願意！

**A** Would you like to hang out with us?
要和我們出去嗎？

**B** I'd love to.
我願意！

(MP3) 132

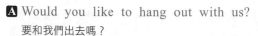

# I'd love to, but...
我很想，但是…

#### 深入分析
若是對於邀請必須拒絕，通常不會直接否定回答 "no..."，而是先說 "I'd love to, but..." 後面的 but 就可以接著說明你無法接受邀約的原因。

**A** Would you like to join us?
要加入我們嗎？

**B** I'd love to, but I have other plans.
我很想，但是我有事。

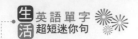
## That would be fine.

好啊！

**深入分析**

另一種接受邀約的回覆是 "That would be fine." 表示
「好啊」、「我願意」的意思。

**A** Would you like to be one of us?
　要成為我們的一份子嗎？

**B** That would be fine.
　好啊！

## Of course.

當然！

**深入分析**

當你的回應是「好的」、「願意的」、「可行的」這
種首肯的回覆，則除了 yes 之外，也可以說 "Of cour-
se."

**A** How about having dinner with me?
　要和我一起吃晚餐嗎？

**B** Of course.
　當然！

**A** Would you like to join us?

要加入我們嗎?

**B** Of course.

當然!

 133

# No problem.

沒問題!

深入分析

除了 "Of course." 之外,中文也常說「沒問題」,英
文就叫做 "No problem."

**A** Can you do me a favor?

可以幫我一個忙嗎?

**B** No problem.

沒問題!

# No sweat.

沒問題!

深入分析

另一種和 "No problem." 很類似的說法則是 "No
sweat." 字面意思是「沒有流汗」,也就是「輕輕鬆
鬆就可以辦得到」的意思。

**A** Can you do me a favor?
可以幫我一個忙嗎？

**B** No sweat.
沒問題！

# Keep going.
繼續(說或做)。

### 深入分析

"Keep going." 是鼓勵對方目前正在說或做的事繼續
進行的意思。keep是「繼續」的意思，後面通常加動
名詞。

**A** May I say something?
我可以說句話嗎？

**B** Keep going.
說吧！

**A** May I ask a question?
我可以問個問題嗎？

**B** Keep going.
說吧！

**A** Maybe... Never mind.

也許…算了！

**B** Keep going.

繼續說吧！

MP3 134

## Go ahead.

去做吧！

#### 深入分析

"Go ahead." 字面意思是「往前走」，但意思就是「繼續」的鼓勵作用，也有「允許」的意思。

**A** Can I go to park?

我可以去公園嗎？

**B** Go ahead.

去吧！

---

**A** May I?

我可以嗎？

**B** Go ahead.

可以！

# No way.

想都別想！

**深入分析**

斷然告訴對方「辦不到」、「不願意」、「不可能」的否定立場。

**A** David, would you please...

大衛，可以請你…

**B** No way.

想都別想！

**A** Come on.

不要這樣嘛！

---

**A** Can I have one?

可以給我一個嗎？

**B** No way.

想都別想！

# I don't think so.

想都別想！

**深入分析**

直接傳達出「我不認同這種作法/言論」的意思，立場直接而果斷。

**A** Can I go to see a movie with David?
我可以和大衛去看電影嗎？ ——— (MP3) 135

**B** I don't think so.
想都別想！

# I'm afraid not.

恐怕不行。

**深入分析**

雖然沒有明顯的拒絕語言，但意思傳達得很清楚：「不認同」、「不可行」，是一種婉轉的拒絕或否定方式。

**A** Maybe we shall try it.
也許我們應該試一試！

**B** I'm afraid not.
恐怕不行。

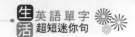
# Good luck.

祝好運！

#### 深入分析

道別時，希望對方能有好運氣一路相隨時，就可以說 "Good luck." 其中 luck 是「運氣」的意思。也可以在 luck 後面加上 "to + someone"，表示「祝某人好運」。

**A** Take care.
保重。

**B** Good luck.
助好運！

**A** I really need it.
我真的很需要好運！

---

**A** Good-bye.
再見！

**B** Good luck to you.
祝你好運！

# Take care.
保重。

### 深入分析

當面臨道別時，希望對方能多多保重、照顧自己時，就可以說 "Take care."

**A** See you soon.
再見！

**B** Take care.
保重。

# Take care of yourself.
你自己要保重。

### 深入分析

特別說明要保重的對象，則更顯得你的祝福心意，"Take care of yourself" 表示「自己多多保重自己」的意思。

**A** Good-bye.
再見！

**B** Take care of yourself.
你自己要保重。

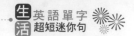

## Be good.
保重。

深入分析

既可以是保重或是一切順利的說法非 "Be good." 莫屬，白話一點的解釋就是「你要好好生活」的意思。

**A** Good-bye.
再見！

**B** Be good.
祝你順利。

MP3 137

## Come on.
不要這樣！

深入分析

當對方處於心情低落時，你一句適時的 "come on" 帶有鼓勵、安慰的意味。

**A** Oh, My God.
喔，我的天啊！

**B** Come on.
不要這樣嘛！

**A** Come on. Be a man.
不要這樣！要當個男人！

**B** Well, I don't know...
呃…我不知道耶…

---

**A** What shall I do?
我該怎麼做？

**B** Come on. It's not the end of the world.
不要這樣嘛！又不是世界末日！

## Come on.
快點！

深入分析

催促對方動作快一點除了可以說 "hurry up" 之外，還可以說 "come on"。

**A** Come on. Let's go
快點！走吧！

**B** But I'm not ready.
可是我還沒準備好！

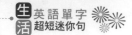

# Cheer up.

高興點！

### 深入分析

若是你看見對方非常洩氣、心情沮喪、低落時，都可以鼓勵對方高興點，英文就叫做 "Cheer up."

**A** I feel sad.

我好難過！

**B** Cheer up.

高興點！

---

**A** Come on. Cheer up.

不要這樣！高興點！

**B** I just can't.

我就是辦不到啊！

---

**A** Cheer up.

高興點！

**B** Tell me how? It didn't work.

告訴我要怎麼做？一點都沒用！

# Knock it off.

少來這一套！

### 深入分析

對於對方的言論採取不相信的態度，甚至質疑時，你
可以說 "Knock it off." 表示「你少唬我」、「你少
來」的意思。

**A** Don't give me your shit.

別跟我胡扯！

**B** Knock it off.

少來這一套！

# No kidding!

不是開玩笑的吧！

### 深入分析

對於對方所說的話不敢相信的情境下，就可以說 "No
kidding!" 表示「你到底是不是認真的？還是開玩
笑？」的反應。

**A** I'm gonna kill him.

我要殺了他！

**B** No kidding!

不是開玩笑的吧！

# Leave me alone.

別管我！

### 深入分析

希望對方不要打擾到你，讓你保有空間靜一靜的說法
是 "Leave me alone." 也就是「讓我獨處」的意思。

**A** Leave me alone.

別管我。

**B** I can't take you anymore!

我再也受不了你啦！

---

**A** I wish I had never met you.

我真後悔這輩子遇到你！

**B** Leave me alone.

走開。

# Get lost.

滾開！

### 深入分析

請對方離開的情境也可以說，"Get lost." 表示「不要
讓我再看到你」的意思。

**A** Get lost.

滾開！

**B** Fine. I'll never forgive you!

好！我永遠都不會饒恕你！

MP3 140

# Take your time.

慢慢來！

深入分析

要慰藉對方不用急、慢慢來，就可以說 "Take your time." 也有讓對方放鬆、不用緊張的意味。

**A** I've ruined everything.

我搞砸了一切！

**B** Take your time.

慢慢來！

---

**A** It's too late now.

現在太晚了！

**B** Take your time.

慢慢來！

---

**A** I can't believe what happened.

我不敢相信所發生的事！

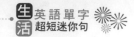

**B** It's OK. Take your time.

沒關係！慢慢來！

# Forget it.

算了！

安慰人的語句非常多，forget 表示「忘記」，若要表示「不要放心上」，就可以說 "Forget it." 也有「算了」的放棄意味。

**A** Forget it.

算了！

**B** But this is your job.

但這是你的工作啊！

**A** What shall I do?

我該怎麼辦？

**B** Forget it.

算了！

# Never mind.

不用在意！

### 深入分析

若要對方不用在意，另一種很常見的說法是 "Never mind." mind 是指「在意」的意思。

**A** I'm terribly sorry.

我很抱歉！

**B** Never mind.

不用在意！

---

**A** Pardon?

你說什麼？

**B** Never mind.

不用在意！

# Up to you.

你決定！

### 深入分析

若是你無法做出決定，必須由對方下決定時，就可以告訴對方："Up to you." 表示「決定權在你的手上」的意思。完整說法是 "It's up to you."

**A** Which one is better?

哪一個比較好？

**B** Up to you.

你決定！

---

**A** It's up to you.

你決定！

**B** Well, I don't really know...

呃…我不知道耶…

---

深入分析

"Up to you." 也帶有「隨便你！」的賭氣意味，意思是「這是你的決定，和我無關」，有時也可以和" Fine" 一起使用。

---

**A** Up to you.

隨便你！

**B** Come on, I need your help.

不要這樣嘛！我需要你的幫忙！

---

**A** I just don't wanna go home.

我就是不想回家！

**B** Fine, up to you.

很好！隨便你啦！

# My pleasure.

我的榮幸！

深入分析

"my pleasure" 是表達中文「我很榮幸能…」或「我很高興…」，通常適用在對方向你道謝的場合中。

**A** Thank you so much.

太感謝你了！

**B** My pleasure.

我的榮幸！

深入分析

"my pleasure" 也可以適用在認識新朋友的場合中的客氣回應語。此外，也可以使用 "pleasure + to + 原形動詞" 的句型，表示「我很榮幸能做某事」的意思。

**A** Come see my best friend Maggie.

來見見我的好友瑪姬。

**B** Nice to see you, Mr. Smith.

很高興能認識你，史密斯先生。

**C** My pleasure.

這是我的榮幸！

**A** My pleasure to meet you.

能認識你是我的榮幸！

**B** My pleasure, too.

也是我的榮幸！

 143

# Unbelievable.

令人不敢相信！

#### 深入分析

當你聽到某件令人不敢相信的事時，就可以說 "Unbelievable." 通常使用驚訝的語氣來表示。完整用法是 "It's unbelievable."

**A** He escaped from the jail last night.

他昨天晚上越獄了！

**B** Unbelievable.

令人不敢相信！

**A** He didn't make it.

他失敗了！

**B** It's unbelievable.

令人不敢相信！

# I can't believe it.

真是不敢相信啊！

### 深入分析

另一種難以置信的說法是 "I can't believe it." 不管是面對傳聞或事實，只要是「令人不敢相信」的情境時，都可以說 "I can't believe it."

**A** I win the lottery.

我中樂透了！

**B** I can't believe it.

真是不敢相信啊！

---

**A** Believe or not, we got married last week.

不管你相不相信，我們上週結婚了！

**B** Oh, my God! I can't believe it.

喔，我的天啊！我真是不敢相信啊！

# 永續圖書
## 線上購物網

# www.foreverbooks.com.tw

◆ 加入會員即享活動及會員折扣。

◆ 每月均有優惠活動，期期不同。

◆ 新加入會員三天內訂購書籍不限本數金額，
即贈送精選書籍一本。（依網站標示為主）

**專業圖書發行、書局經銷、圖書出版**

永續圖書總代理：

五觀藝術出版社、培育文化、棋茵出版社、犬拓文化、讀
品文化、雅典文化、知音人文化、手藝家出版社、璞申文
化、智學堂文化、語言鳥文化

**活動期內，永續圖書將保留變更或終止該活動之權利及最終決定權。**

# 生活英語單字超短迷你句

雅致風靡　典藏文化

親愛的顧客您好，感謝您購買這本書。即日起，填寫讀者回函卡寄回至本公司，我們每月將抽出一百名回函讀者，寄出精美禮物並享有生日當月購書優惠！想知道更多更即時的消息，歡迎加入"永續圖書粉絲團"您也可以選擇傳真、掃描或用本公司準備的免郵回函寄回，謝謝。

傳真電話：（02）8647-3660　　　　電子信箱：yungjiuh@ms45.hinet.net

| 姓名： | | 性別：　□男　　□女 |
|---|---|---|
| 出生日期：　年　　月　　日　　電話： | | |
| 學歷： | | 職業： |
| E-mail： | | |
| 地址：□□□ | | |
| 從何處購買此書： | | 購買金額：　　　元 |
| 購買本書動機：□封面 □書名 □排版 □內容 □作者 □偶然衝動 | | |
| 你對本書的意見：<br>內容：□滿意□尚可□待改進　　編輯：□滿意□尚可□待改進<br>封面：□滿意□尚可□待改進　　定價：□滿意□尚可□待改進 | | |
| 其他建議： | | |

## 總經銷：永續圖書有限公司

**永續圖書**線上購物網
**www.foreverbooks.com.tw**

---

您可以使用以下方式將回函寄回。

您的回覆，是我們進步的最大動力，謝謝。

① 使用本公司準備的免郵回函寄回。

② 傳真電話：（02）8647-3660

③ 掃描圖檔寄到電子信箱：

　　yungjiuh@ms45.hinet.net

---

廣　告　回　信

基隆郵局登記證

基隆廣字第056號

`2 2 1 0 3`

 雅典文化事業有限公司　收

新北市汐止區大同路三段194號9樓之1

雅致風靡　典藏文化